배우,
미친 흡입력

배우, 미친 흡입력 1

이산책 장편소설

초판 1쇄 찍은 날 § 2018년 2월 12일
초판 1쇄 펴낸 날 § 2018년 2월 19일

지은이 § 이산책
펴낸이 § 서경석

총괄팀장 § 최하나
편집책임 § 이종식
편집 § 김경민

펴낸곳 § 도서출판 청어람
등록번호 § 제387-1999-000006호
등록일자 § 1999. 5. 31
어람번호 § 제1-2848호

주소 § 경기도 부천시 부일로 483번길 40 서경B/D 3F (우) 14640
전화 § 032-656-4452 팩스 § 032-656-4453
http://www.chungeoram.com
E-mail § chungeorambook@daum.net

ⓒ 이산책, 2018

ISBN 979-11-04-91646-5 04810
ISBN 979-11-04-91645-8 (세트)

1

이산책 장편소설

배우,
미친 흡입력

FUSION FANTASTIC STORY

청어람

Contents

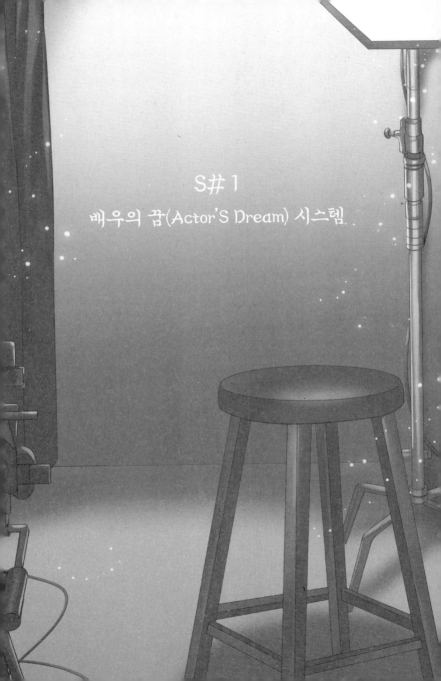

S# 1

배우의 꿈(Actor'S Dream) 시스템

전설적인 대배우!

동양인 사상 최초로 할리우드 아카데미 남우주연상 수상!

출연 영화 28편.

총 누적 관객 수 25억 명.

'우주를 위해(For Universe)' 출연료 1억 2천만 달러로 영화 사상 최고 몸값을 갱신!

완벽한 외모와 스타성.

신들린 연기력으로 출연하는 모든 영화에서 압도적인 존재감 과시.

두 번의 이혼.

코카인 흡입으로 마약금지법 위반.

폭행, 모욕, 협박, 명예훼손 등으로 다섯 번의 유죄 판결.

마지막 작품 '아이스 문(Ice Moon)'에서 맡은 배역 '클로버 9'에 지나치게 몰입.

영화 개봉 14일 전 뉴욕의 어느 호텔 욕조에서 사망한 채로 발견.

사인은 약물 과다 복용.

향년 36세.

전무후무한 불세출의 톱 배우 라이더 베스.

사망하다.

*   *   *

"으허억!"

처음 그의 눈에 들어온 것은 새하얀 병실 천장이었다.

주위를 둘러보니 비좁은 공간 안에 여러 명의 환자가 골골대며 누워 있는 것이 보인다.

'여긴 어디야? 그리고 나는……'

라이더 베스.

분명 그는 죽음을 맞이했다.

죽을 당시의 상황은 정확히 기억이 안 나지만 죽은 게 확실했다.

'운이 좋았나? 누군가 발견한 건가?'

그렇다고 해도 이곳은 너무 허름한 병실이다.

세계 최고의 배우.

그리고 재산이 2조가 넘는 그에게는 어울리지 않는 대우인 것이다.

'엘런은 뭐 한 거야? 날 이딴 곳에 처박아두다니 단단히 미쳤군.'

그의 모든 걸 담당하다시피 하는 매니저이자 비서, 그리고 친구 엘런은 코빼기도 보이지 않았다.

불쾌해진 그는 상반신을 일으키며 한껏 인상을 썼다.

눅눅한 공기와 퀴퀴한 냄새, 그리고 어쩐지 불결한 느낌이 드는 침상.

모든 것이 그의 신경을 건드렸다.

그때 병실 문으로 들어오던 간호사가 그를 보고 잠시 멍했다가 화들짝 놀랐다.

"어, 어머머, 김태웅 환자!"

그녀는 몸을 돌려 황급히 병실을 나갔다.

'뭐야, 저 여자? 뭘 저렇게 놀라지? 하긴, 나 같은 대스타를 보면 누구든 기겁하게 마련이지만……'

잠시 후 간호사와 의사가 병실로 들어왔고, 의사는 그를 보고 더더욱 놀랐다.

"허, 진짜 깨어났네? 최 간호사, 언제부터였지?"

"저도 방금 봐서요. 정확히는……"

자신을 보고 황당한 이야기를 하는 이들을 보며 그는 다시 한번 짜증이 확 솟구쳤다.

"내 매니저 좀 불러줘요. 지금 바로 퇴원할 테니까."

그의 입에서 나온 말에 두 사람은 물론 그 자신조차 놀랐다.

'뭐야? 이건 한국어잖아?'

한국계 어머니를 둔 그였지만 이곳은 미국이기에 당연히 영어로 말해야 했다.

그러고 보니 저 의사와 간호사도 당연하다는 듯이 한국어를 하고 있다.

주변을 둘러보니 그제야 느낌이 낯설던 이유를 깨달을 수 있었다.

'아시아 쪽 병원인가? 도대체 내가 왜 여기 있는 거지? 엘런이 자식, 뭔 꿍꿍이야?'

그는 침대를 빠져나왔다.

슬리퍼를 신고 일어서려는 순간, 갑자기 다리에 힘이 풀리며 몸이 휘청했다.

'뭐야? 왜 이래?'

"김태웅 환자, 그렇게 움직이면 안 돼요!"

황급히 달려온 간호사가 그를 부축했다.

"김태웅? 누가 김태웅이야? 난 라이더……."

순간, 병실 한쪽 벽에 걸린 거울에 비친 자신의 모습을 보고 그는 기겁했다.

'이게 뭐야? 저 무미건조하기 짝이 없는 얼굴이… 나?'

라이더 베스.

위대한 대배우이자 타고난 슈퍼스타는 그대로 바닥에 주저앉고 말았다.

순간 물밀듯이 알 수 없는 기억들이 머릿속으로 쏟아져 들어왔다.

*   *   *

스턴트맨 김태웅.

그것이 지금 라이더 베스가 차지하고 있는 몸의 원래 주인이다.

파편화된 기억이 유령의 집 귀신처럼 불쑥 튀어나오는 터라

혼란스럽기 짝이 없었다.

대충 정리해 보자면, 그는 영화 촬영 도중 사고를 당해 약 두 달 동안 혼수상태에 빠져 있었다.

감독의 무리한 욕심으로 인해 불타는 오토바이를 타고 산 길을 질주하는 신을 여러 번 촬영하다가 일어난 사고였다.

그리고 소란스러워진 현장과 병원으로 옮겨져 입원한 기억 이 드문드문 떠올랐다.

'다시 살아나긴 했는데… 완전히 다른 몸이 되어버렸군.'

마치 판타지 영화에서나 나오는 일이 아닌가!

물론 현실에서 있을 수 없는 일이 일어나는 영화를 여러 번 찍긴 했다.

그런데 정작 자신이 판타지의 주인공이 되고 나니 황당하 기 그지없었다.

'근데 정말 밋밋한 인상이군. 게다가 화상 흉터까지 생겼으 니……'

실제로 김태웅은 그다지 잘생겼다고는 할 수 없는 얼굴에 인상까지 평범했다.

사고를 당할 때 입은 화상으로 등과 가슴팍에 큰 흉터가 생겼는데, 그나마 얼굴이 무사한 것이 다행이었다.

깨어난 후 한동안 동물원 원숭이처럼 많은 의사들이 와서 자신을 둘러싸고 시끄럽게 떠들었다.

도저히 회복될 가망이 없는 환자가 깨어났다며 호들갑을
떨었다.

그는 이들이 무슨 속셈을 품고 있는지 훤히 보였다.

보나마나 희귀 케이스라며 이리저리 찍고 귀찮게 굴겠지.

그런 개수작을 받아줄 마음은 손톱만큼도 없다.

'틈을 봐서 빨리 빠져나가야겠다.'

"오빠!"

갑자기 들리는 날카로운 목소리에 그는 시선을 돌렸다.

병실에 들어온, 갓 고등학생으로 보이는 여자가 눈물을 뚝
뚝 흘리며 자신을 바라보고 있었다.

'이런……'

생각난다.

김태웅의 유일한 가족인 여동생 김태선.

"이 나쁜 새끼! 일어날 거면 진작 일어나지, 왜 사람 속을 썩
여? 왜……"

그녀는 자신을 향해 달려오더니 갑자기 울음을 터뜨리며
목을 껴안았다.

"고마워! 죽지 않고 일어나 줘서 고마워! 으아아아아앙!"

'정말 피곤하군.'

그는 태선에게 안긴 채 고개를 저었다.

이게 웬 귀찮은 혹이람?

태웅과 태선의 부모님은 갑작스러운 교통사고로 인해 5년 전 사망했다.

갓 군대에서 제대한 스물두 살의 태웅은 그때부터 어린 여동생을 키우며 가장 노릇을 했다.

안 해본 일이 없었다.

하지만 사정은 늘 어려웠고, 눈물을 머금고 부모님과 함께 살던 정든 집을 팔고 훨씬 작은 집으로 이사했다.

다행히 여윳돈이 생겼고, 나중에 동생이 대학 가면 낼 학비로 소중히 은행에 넣어두고 있었다.

'가만, 근데 병원비는 어떻게 낸 거지?'

두 달이나 입원했으면 병원비가 만만치 않을 것이다.

이런 거지 같은 시설의 병원이라도 말이다.

"동생, 좀 일어나 봐."

"응?"

한참 난리 블루스를 춘 후 지쳤는지 침대 옆 의자에 앉아 잠들어 있던 태선이 눈을 떴다.

"혹시 여기 병원비 냈니?"

"응, 다는 아니지만 일단 중간 정산을 해야 한대서……."

앞으로 낼 것까지 계산하면 그들 입장에서는 막대한 금액이었다.

"혹시 영화사 쪽에서 보상 같은 건 없었고?"

"위로금이라고 100만 원 든 봉투 하나 던져줬어."

"뭐, 100만 원?"

기도 안 찼다.

사람을 혼수상태로 만들어놓고 고작 100만 원이라니?

"내 이것들을 당장……."

다시 침대에서 일어나 병실을 나가려던 그는 휘청하며 넘어졌다.

"오빠, 그냥 가만히 좀 있어!"

태선이 성난 목소리로 소리쳤다.

"으헉!"

귀가 따가워서 입에서 절로 신음이 흘러나왔다.

아무래도 이 여자애, 보통 성격이 아닌 것 같다.

*   *   *

그로부터 3일 후, 태웅은 퇴원했다.

태선의 대학 입학을 위해 고이 모셔둔 목돈이 병원비로 날아가 버렸다.

하지만 그녀는 조금도 아쉬운 내색을 하지 않았다.

겉으로는 꽤 까칠하고 괄괄했지만, 속내는 무척 여리고 정이 많은 타입이었다.

세상에 하나밖에 남지 않은 가족인 오빠가 살아났다는 사실에 더없이 기뻐했다.

'여동생이란 존재가 있는 것도 나쁘지 않군. 성가시기만 할 줄 알았더니.'

그는 내심 미소를 지었다.

집으로 돌아오자 훈훈하고 정겨운 냄새가 났다.

15평 남짓 되는 작은 아파트였다.

집 안은 나름 깔끔하고 아기자기하게 꾸며져 있었다.

태선의 솜씨일 것이다.

"일단 한숨 자. 밥해놓을 테니까."

그녀가 방문을 조심스럽게 닫고 나가자 태웅은 침대에 기대 앉아 생각에 잠겼다.

몸 상태가 회복되는 것을 무작정 기다릴 수만은 없었다.

알아봐야 할 일이 많다.

당장 엘런에게 연락도 취해봐야 하고, 집으로 돌아갈 수 있는 비행기 편도 찾아봐야…….

'아니, 잠깐. 무작정 한다고 될 일이 아니지.'

과연 사람들이 그의 말을 믿어줄까?

완전히 다른 사람이 된 그가 '내가 라이더 베스다'라고 한다면 미친놈 취급을 받지 않으면 다행일 것이다.

그렇다고 이런 구질구질한 생활을 하는 김태웅의 인생을

살아야 한단 말인가?

기억을 통해 본 김태웅의 꿈은 배우였다.

하지만 그는 배우가 되기에는 재능이 턱없이 부족했다.

예전부터 무미건조한 인간이던 그는 연기를 할 때도 뻣뻣한 로봇과 같았다.

아무리 열심히 연습을 해도 당최 나아질 기미가 안 보였다.

게다가 치명적인 것은 발음.

선천적으로 혀가 심하게 짧다 보니 좀처럼 대사 전달이 되지 않았다.

몇 번 그의 대사를 들은 상대 배우들이 터지는 웃음이 주체가 안 되는지 얼굴이 시뻘게지곤 했다.

'꿈도 가상하지. 이런 조건으로 배우는 무슨 놈의 배우를⋯⋯.'

그는 김태웅의 무모한 꿈에 동정이 가면서도 한심했다.

사람은 애당초 자기에게 맞는 일을 해야 한다.

언감생심 다른 꿈을 꿨다가는 비참한 꼴이 되어 쓸쓸히 죽어갈 수도 있었다.

'바로 내가 그랬지.'

이전 라이더 베스의 삶이 그랬다.

위대한 대배우였지만 여자 하나로 인해 몰락하고 말았다.

할리우드 톱스타에 어마어마한 부자인 그도 도저히 가질

수 없는 여자였다.

'다 잊어버리자. 지금은 다른 인생이야. 똑같은 길을 걷진 말자.'

그는 다른 인생을 살아볼 생각이다.

어차피 이렇게 죽었다 살아난 이상, 보다 자유롭고 소탈한 삶도 나쁘지 않았다.

평범한 소시민으로 살더라도, 어딘가에 은둔하여 자연인처럼 살아도 아무도 뭐라고 할 사람은 없다.

하지만 그런 그의 희망은 오래가지 않았다.

[배우의 꿈(Actor'S Dream) 시스템에 접속하였습니다.]

[시스템이 활성화됩니다.]

[두 자아의 싱크로가 이루어집니다.]

[목표가 활성화되었습니다.]

*   *   *

'도대체 이게 뭐야?'

갑자기 눈앞에 뜬 알림창과 귓가에 울려 퍼지는 목소리에 그는 경악했다.

꿈을 꾸고 있는 게 아닌가 했지만 너무도 생생했다.

[당신은 원래 몸의 주인 김태웅의 꿈을 이뤄줘야 합니다.]

[미션을 달성하며 대배우의 길을 걸어가세요.]

[미션을 달성할 때마다 라이프 포인트(LP)가 주어집니다. 라이프 포인트는 매일 소모되며, 라이프 포인트가 0이 되면 당신은 죽게 됩니다.]

[최종 목표를 달성할 경우, 라이프 포인트의 제한이 없어지고 죽음의 공포에서 해방됩니다.]

'뭐, 뭐라고?'

이게 무슨 정신 나간 소리인가?

어떻게 되살아났는데 다시 죽는다니…….

게다가 새로운 몸 주인의 꿈까지 이뤄줘야 한다.

"이봐, 장난치지 말고 나와! 도대체 너 누구야?"

그는 벌떡 일어나 소리쳤다.

"오빠, 왜 그래?"

태선이 놀란 눈으로 물었지만 그는 대답 없이 곳곳을 샅샅이 뒤졌다.

하지만 그리 넓지 않은 집 안에는 사람이 숨어 있을 만한 곳이라고는 없었다.

저 홀로그램 같은 알림창과 기계음 같은 목소리.

마치 가상현실 게임 속에 들어온 듯한 기분이다.

[현재 당신의 라이프 포인트는 7입니다.]
[라이프 포인트를 획득하고 싶으면 다음 미션을 달성하세요.]
[미션: 영화, 또는 드라마 오디션에 합격하세요.]

'하, 이걸 어떻게 한다?'
아무래도 정신병이 생긴 건 아닌지 의심이 들었다.
병원에라도 가봐야 하나?
'역시 엘런에게 연락해 봐야겠어.'
지금까지 일어난 일련의 일들은 세상에 존재하는 모든 상식을 초월했다.
이쯤 되면 그의 손발이나 다름없던 엘런에게 도움을 청해야 했다.
'가만, 번호가 뭐였지?'
기억력이 탁월하여 한 번 본 숫자는 잘 잊지 않는 그였으나 엘런의 전화번호가 기억나지 않았다.
군데군데 기억이 흐릿한 것이 아마도 죽음의 후유증인 것 같았다.
결국 그는 핸드폰으로 페이스북에 접속했다.
기억을 더듬어 엘런의 계정을 찾아 메신저로 메시지를 보냈다.

　[이봐, 엘런. 믿기지 않겠지만 나 라이더야. 메시지 확인하는 대로 아래 번호로 연락 좀 줘. 꼭이야.]

　몇 시간 동안 기다렸지만 그에게서는 아무런 회신이 없었다.

　읽음 표시가 뜨는 데도 답신이 없다는 것은 아무래도 악의적인 장난으로 여기는 것 같았다.

　[엘런, 나 라이더 베스야. 장난으로 여기나 본데, 진짜라고. 전화 꼭 줘. 통화하면 알 수 있을 거야.]

　잠시 후 다시 들어가 확인해 보니 메시지를 보낼 수 없다는 알림 글이 떴다.

　[상대가 김태웅 님을 차단했습니다.]

　'이런 제기랄!'
　화가 난 그는 이불을 걷어찼다.
　아무래도 미국으로 직접 건너가야 할 것 같았다.

눈앞에서 보고 설명하는 것만이 이 말도 안 되는 일을 그에게 납득시킬 수 있는 길이었다.

'그나저나 저 괴상한 목소리, 진짜일까?'

그냥 환청으로만 넘길 수는 없을 것 같았다.

애당초 죽은 자신이 이렇게 되살아난 것부터가 말이 되지 않았다.

만에 하나 저 목소리의 말이 사실이라면 미션을 달성하지 못할 경우 7일 후 자신은 다시 죽게 된다.

한 번 죽음을 겪은 후 그는 삶이 얼마나 소중한지 절실하게 느끼게 되었다.

미련이 없다고 생각했는데, 죽음을 맞이하는 순간 너무나도 간절한 갈망들이 그를 감쌌다.

'그래, 까짓것, 해보지, 뭐. 오디션 통과하는 것쯤은 식은 죽 먹기 아닌가?'

연기의 신이라고 불리던 라이더 베스다.

게다가 아무 배역이든 상관없이 그냥 오디션에 합격하기만 하면 된다는 단순한 목표이다.

"좋아, 뭐 별로 대단한 미션도 아니네. 하지. 한다고. 하하하하."

혼잣말을 중얼거리며 씨익 웃는 그를 태선이 걱정스러운 눈으로 지켜보았다.

'큰일이네. 후유증이 심한가 봐.'

＊　　　　＊　　　　＊

태웅은 즉시 피시방으로 향했다.

동생이 푹 쉬라며 말리긴 했지만, 살아 있을 시간이 시시각각 줄고 있는 상황에 가만히 누워만 있을 수는 없었다.

인터넷에 접속하여 배우 오디션이 있는지 검색해 보았다.

연기 아카데미 같은 곳에 들어가면 오디션 정보가 나와 있는 게시판이 있었다.

'어디 보자. 당장 빨리 볼 수 있는 게…….'

상업 영화 오디션과 웹 드라마 오디션이 눈에 들어왔다.

대부분 조연이나 단역이었고, 나이와 성별 외에 딱히 조건은 적혀 있지 않았다.

일단 최대한 빨리 붙는 게 중요했기에 그는 눈에 띄는 대로 신청서를 작성했다.

'이 정도 붙는 건 껌이지. 라이프 포인트란 걸 채운 다음 앞으로 어떻게 살지 천천히 생각해 봐야겠다.'

그는 연기의 신이라고 불리던 할리우드 톱 배우이다.

비록 새로운 몸으로 바뀌었다곤 하지만 그 연기력이 어디 갈 리가 없었다.

'상업 영화 우상? 이걸로 해볼까?'

우상은 당대 톱스타들이 등장하는 화려한 캐스팅의 액션 영화로, 이미 언론을 통해 촬영하기 전부터 캐스팅과 줄거리, 소재 등이 화제가 된 대형 프로젝트였다.

요즘 한국에서 잘 먹히는 누아르가 섞인 액션 영화로, 연기력으로 인정받은 톱 배우 오영홍과 모델 출신 꽃미남 스타 강규환, 걸크러시 이미지로 주목받고 있는 여배우 유지니가 출연하는 블록버스터급 영화였다.

감독은 고화영.

흥행작을 연달아 터뜨린 충무로 최고의 인기 감독이다.

이 정도 되는 영화에서 조연을 맡는다면 주목을 받는 것은 금방이었다.

안녕하세요? 우상의 캐스팅 매니저입니다. 오디션 신청하신 것 보고 연락드립니다. 다음 주 월요일 오후 2시까지 아래 주소로 방문하시면 됩니다.

'좋았어!'

집에 도착한 후 그는 자신에게 도착한 이메일을 보고 주먹을 움켜쥐었다.

오늘이 금요일이니 그때까지 3의 라이프 포인트를 소모하게 된다.

하지만 그날 당연히 붙을 것이기에 상관없었다.

어떤 배역이라도 그는 달게 맡을 생각이다.

'홋, 너무 쉬운 거 아닌가? 한국 영화계가 내 연기력을 감당할 수 있을까나.'

할리우드 대스타이던 그에겐 어떤 배역도 우습게 소화할 능력이 있었다.

왕자부터 악당, 노숙자까지 연기의 스펙트럼 또한 넓었다.

물론 지금 김태웅의 외모로는 미남 스타라는 말을 듣긴 어려울 테지만, 연기력만으로도 한국 영화계 정도는 순식간에 씹어 먹을 수 있으리라.

마침내 오디션 날.

오디션장에는 이미 많은 대기자들이 긴장된 얼굴로 기다리고 있었다.

'홋, 다들 풋내기들이군. 저렇게 떨어서야……'

대기 번호를 받고 기다리니 스태프로 보이는 여자가 태웅의 번호를 불렀다.

"26번 들어오세요."

안으로 들어가자 한 인상 하는 중년 남자와 장발의 비교적 깔끔하게 생긴 남자, 그리고 그들보다는 조금 어려 보이는 나이대의 여자 한 명이 보였다.

중년 남자가 태웅의 이력서를 보더니 말했다.

"그래도 연기 경험이 좀 있으시네요?"

"네, 스턴트 배우를 좀 했습니다."

"그렇군요. 스턴트를 했으면 연기 좀 할 거 같은데? 현장 돌아가는 것도 잘 알고 말이야."

"조금 합니다."

태웅은 겸손의 뜻으로 한 말이었으나, 오디션 관계자들은 약간 거만하게 받아들였다.

액면 그대로 '조금' 한다는 뜻이 아닌, '꽤 한다'는 말로 들은 것이다.

"자신감이 넘치시네. 그럼 한번 해볼까요?"

태웅은 바로 자세를 잡고 섰다.

미리 대기자들에게 나눠준 한 장의 쪽대본을 완벽하게 숙지했다고 자신하는 그였다.

대본에 나와 있는 역할은 조폭 행동 대장으로, 도망자인 주인공을 쫓는 전형적인 악역이었다.

"그 새끼 하나 못 잡아서 이 모양이야?!"

우렁차게 첫 대사를 외친 그는 순간 당혹감에 빠졌다.

'아니, 이게 뭐야?'

생각보다 발음이 너무 안 좋았다.

평소에도 혀가 짧은 것을 살짝 느끼긴 했지만 막상 연기에 들어가서 대사를 치고 보니 한결 더 심하게 느껴졌다.

아마도 긴장하면 한층 더 발음이 엉망이 되는 것 같았다.

지켜보고 있던 오디션 심사 위원 세 사람의 얼굴이 붉어졌다.

그들은 웃음을 참는 듯 입술을 깨물고 있었다.

'왜 이래? 발음이 왜 이 모양이냐고!'

천재적인 재능을 타고난 배우 라이더 베스.

이런 발연기는 태어나서 한 번도 해본 적이 없었다.

다음은 부하들을 꾸짖은 후 주인공을 찾아 헤매는 연기다.

그는 주위를 두리번거리면서 두 번째 대사를 쳤다.

"숫 소글 사사티 디져서 차자내라!"

"푸하하하하!"

듣고 있던 장발의 남자가 마침내 참지 못하고 웃음을 터뜨렸다.

가운데 앉아 있는 거친 인상의 중년 남자는 한숨을 쉬며 숨을 고르고 엄숙한 표정을 유지하려 애쓰며 말했다.

"숲속을 샅샅이 뒤져서 찾아내라. 다시 한번 해보세요."

험악한 인상과 달리 꽤 친절하게 대사를 직접 짚어주었다.

태웅은 이번에야말로 제대로 발음해야겠다고 다짐하며 입을 열었다.

"숫 소글 사사티 디져서 차자내라. 수, 숫 소글······."

듣고 있던 여자 오디션 관계자마저도 웃음을 터뜨렸다.

태웅은 진땀을 흘리며 필사적으로 대사를 반복했지만 그럴수록 더 이상한 발음만 나올 뿐이었다.

"네, 거기까지. 수고하셨습니다."

"버, 벌써 끝인가요?"

"네. 다음!"

당황한 태웅이 물었지만, 중년 남자는 쳐다보지도 않고 스태프를 보며 외쳤다.

축 처진 어깨로 힘없이 오디션장을 나가며 태웅은 암담한 기분에 사로잡혔다.

'긴장하면 이렇게나 발음이 엉망이 되나? 혀는 또 왜 이렇게 짧아지는데?'

하늘을 보며 한숨을 쉬는 그의 귓가에 갑자기 또 익숙한 기계음이 들렸다.

[오디션에 1회 탈락했습니다.]

[라이프 포인트가 1 차감됩니다.]

[라이프 포인트가 3 남았습니다.]

[오디션에 재도전하여 미션을 달성하세요.]

"뭐야? 이런 게 어딨어?"

미션에 실패한 것도 아니고 오디션 한 번 떨어졌을 뿐인데 라이프 포인트가 감소할 줄이야.

"야, 이런 빌어먹을 잡것들아! 도대체 나한테 왜 이래?"

천하의 라이더 베스가 이런 발연기를 하고 치욕적인 탈락을 맛보다니!

하늘을 향해 마구 주먹질을 하던 그는 분노가 어느 정도 가라앉자 벤치에 앉아 생각에 잠겼다.

미션 클리어를 위해 가장 먼저 해결해야 하는 것은 발음 문제였다.

김태웅이라는 남자의 타고난 신체적 결함이기도 하지만 정신적인 문제가 더 컸다.

사람들 앞에서 연기를 하면 평소에는 크게 이상을 못 느끼던 발음 문제가 유독 더 심해지는 것이다.

일단 이것부터 극복해야 적어도 대사 전달이 가능할 것이다.

심란해하는 그의 눈앞에 또다시 알림창이 나타났다.

[커스터마이징 메뉴에서 라이프 포인트로 라이더 베스의 능력을 회복하거나 김태웅의 핸디캡을 제거할 수 있습니다.]

['긴장하면 짧은 혀' 핸디캡을 제거하는 데 드는 라이프 포인트는 5입니다.]

[언제든 커스터마이징 메뉴를 호출할 수 있습니다.]

'정말 게임 시스템과 판박이로군.'

라이프 포인트는 단지 생명을 이어가는 데만 사용할 수 있는 것이 아니었다.

목숨을 깎는 대가로 능력을 얻을 수 있다.

현재 남은 라이프 포인트는 겨우 3이다.

문제점을 고치는 것은 5가 소모되므로 불가능하다.

'갈 길이 멀구나.'

험난한 앞날이 예상되자 절로 한숨이 나왔다.

어떻게든 이 상태로 오디션을 뚫어야 한다.

'일단 닥치는 대로 오디션을 잡자. 3일 안에 반드시 합격해야 해.'

S# 2
오디션에 합격하리!

　살 수 있는 날이 얼마 남지 않았기에 태웅은 필사적으로 최대한 빨리 볼 수 있는 오디션을 찾았다.

　다행히 오디션 세 개 정도가 보였다.

　문제는 대사가 있는 역인지 없는 역인지를 알 수 없다는 점이다.

　'엑스트라라도 되어볼까?'

　하지만 미션은 엄연히 '오디션에 합격하라'고 되어 있었다.

　엑스트라의 경우 거의 오디션은 보지 않고 선발하는 편이다.

적어도 대사 한 줄은 있는 배역을 뽑을 때 오디션을 보는 경우가 많았기에 필연적으로 대사를 해야 할 것이다.

'그럼 어쩔 수 없지. 가급적이면 받침이 없는 대사여야 할 텐데……'

일단 말로 하는 건 어쩔 수 없지만, 그래도 스턴트맨 경험이 있어서인지 김태웅의 몸으로 하는 연기는 나쁘지 않은 수준이었다.

'근데 도대체 이런 핸디캡을 가지고 어떻게 배우 할 생각을 한 거지?'

눈앞에 떠오른 기억에 그는 하, 하고 혀를 찼다.

김태웅이 생전에 스턴트맨만 한 것은 아니었다.

아는 사람 소개로 대학로 소극장에서 열리는 연극에 몇 번인가 단역으로 출연한 적도 있다.

물론 그가 한 것 중 대사가 많은 배역은 없었다.

그나마 대사가 있는 배역을 맡은 적이 있는데, 정신지체를 가지고 있거나 어딘가 조금 모자란 배역이었다.

참으로 안쓰러운 무명 배우의 인생.

라이더일 때는 단 한 번도 느끼지 못한 감정이다.

'날 때부터 배우', '모태 배우'라는 별명까지 붙으며 데뷔하자마자 화려한 인기를 몰고 다닌 라이더.

그는 엑스트라를 해도 가장 눈에 돋보이는 타고난 스타였다.

아무리 잘생기고 연기를 잘해도 평생 못 뜨는 사람도 있는 이 바닥에서 그의 스타성은 최고의 재능이었다.

게다가 완벽한 외모와 연기력까지 갖췄으니 더 말할 것이 있을까?

'지지리 궁상맞은 인생, 이제 내가 바꿔주지.'

하지만 호언장담하기 전에 일단 생명 연장의 꿈부터 실현해야 했다.

　　　　*　　　　　　*　　　　　　*

첫 번째 오디션은 바로 그날 저녁이었다.

연락을 받고 찾아간 강남의 어느 기획사 사무실 앞에 선태웅이 문을 두드렸다.

"안녕하세요? 여기가 대서양 기획사인가요?"

"네, 들어오세요."

사무실 문을 열고 들어서자 벽을 빼곡하게 메우고 있는 연예인 사진이 보였다.

알 만한 사람도 있었고 생판 처음 보는 얼굴도 있었다.

알 만한 연예인들은 그다지 유명하지 않은, TV 프로그램이나 드라마에서 몇 번 스쳐 지나간 얼굴이었다.

"오디션 보러 왔는데요."

"아, 아까 연락주신 분이군요? 거기 앉으세요."

사무실은 대략 25평 정도 되는 작은 크기였다.

소파 몇 개와 책장, 책상 같은 가구와 냉장고, 냉온수기 등 잡다한 물건들이 보였다.

나이가 좀 있어 보이는 남자 둘이 눈을 반짝이며 태웅을 마주 보고 앉았다.

"마스크가 좋으시네요. 배우의 재능이 느껴지는 얼굴이랄까?"

뜬금없는 칭찬에 태웅은 어이가 없었다.

'이 얼굴이 좋다고? 아무리 봐도 도서관 사서나 동사무소 직원 같아 보이는데?'

평범하고 밋밋하기 짝이 없는 얼굴인 자신을 보고 갑자기 칭찬을 하다니 어딘가 이상했다.

"저희는 많은 배우를 보유하고 있는 기획사 대서양입니다. 저는 대표 마철수, 이 친구는 기획실장 마준수라고 해요."

"그, 그렇군요."

물어보지 않아도 두 사람은 형제라는 것을 알 수 있을 정도로 비슷한 얼굴이고 이름도 비슷했다.

"저희는 엔터테인먼트 산업과 OSMU 사업에도 많이 진출해 있습니다. 오늘 보는 오디션은 저희 전속 연기자를 뽑는 오디션이랍니다."

"전속이요?"

태웅은 아차 싶었다.

전속 배우를 뽑는다는 것은 여기 뽑히면 한동안 이 회사에 종속되어야 한다는 뜻이다.

갈등하는 와중에도 자신을 대표라고 밝힌 남자가 말을 이어갔다.

"우선 연기부터 한번 봅시다. 아무 연기나 자유롭게 해보세요."

이건 뭐 상황이나 인물도 주지 않고 대뜸 프리스타일 연기를 요구하고 있다.

의심이 더더욱 짙어졌지만 태웅은 일단 그들의 장단에 맞춰주기로 했다.

'뭘 해볼까나? 정신병원에 감금된 환자 연기가 좋겠군.'

라이더의 초창기 배역 중 하나이다.

아무래도 익숙한 연기를 하는 편이 좋을 것 같았다.

그는 인상을 쓰며 머리를 두 손으로 움켜쥐고 바닥을 굴렀다.

"재능이 있네요. 정말 처음 볼 때부터 느꼈지만 인상이 남달라요."

'뭘 했다고?'

이 남자들은 태웅의 연기를 얼마 보지도 않고 대뜸 칭찬부터 늘어놓았다.

"아직 딱히 한 게 없는데요."

그는 태웅의 말에 아차 싶었는지 다시 입을 열었다.

"원래 저희는 될성부른 떡잎은 금방 알아봅니다. 워낙 많은 배우 지망생들을 봐와서 하나를 보면 열을 알거든요. 하지만 하나만 더 보도록 하죠. 역시 전속 배우를 뽑느니만큼 신중을 기해야 하니까요."

"이번에도 자유 연기인가요?"

"네, 바로 시작해 주세요."

태웅은 이번에는 중국 무협 소설 '사조영웅전'에 나오는 한 부분을 연기했다. 주인공 곽정이 여주인공 황용의 아버지가 사부들을 죽였다고 오해하는 부분이다.

사랑하는 여자에 대한 미련을 보이면서도 처절한 분노를 표출해야 하는 장면이기에 고도의 연기력과 집중력이 필요했다.

"절대 용서할 수 없어! 이제 너와 나는 철턴디원수야!"

심각한 표정으로 대사를 내뱉는 순간 태웅은 자신의 실수를 알아차렸다.

또다시 드러난 발음 문제.

연기를 할 때 유독 심해진다는 걸 감안하면 좀 더 쉬운 대사를 쳐야 했다.

'이런, 대사 선택을 잘못했다!'

눈앞에 있는 남자의 얼굴이 붉으락푸르락해졌다.

미간을 좁히며 입술을 다무는 모습에 그는 남자가 화가 난 건 아닌가 하는 생각이 들었다.

하지만 사실 남자는 필사적으로 웃음을 참고 있었다.

태웅이 몇 마디 대사를 더 내뱉자 그는 아예 손가락으로 자기 무릎을 꼬집으며 입술을 악물었다.

잠시 후 정신을 수습한 남자가 태연한 얼굴로 박수를 치며 말했다.

"정말 대단한 연기였습니다. 인물의 상반된 감정이 절절히 와닿았다고나 할까요? 그 정도면 조금만 가다듬으면 일류 배우로 거듭나는 건 시간문제일 거예요."

"…그래요?"

태웅은 더욱 어처구니가 없었다.

이 연기가 괜찮다니 그게 무슨 소리인가?

만약 자신이 상대방이었다면 안 본 눈을 사고 싶을 정도의 발연기였다.

"전 지금 매우 흡족합니다. 태웅 씨를 영입할 수 있게 되어 말입니다."

"…감사합니다."

"우선 당장 계약서부터 쓰기로 하죠. 어이, 마 실장! 계약서 뽑아드려!"

"네, 대표님."

형제인 게 뻔히 보이는데 서로 직함으로 부르는 폼이 어색하기 짝이 없었다.

마 실장이라는 남자가 건네준 계약서를 검토하던 태웅은 이상한 부분을 발견했다.

[배우는 회사와 계약을 맺는 대가로 매달 소정의 운영비를 지급한다.]

그는 고개를 갸우뚱하며 해당 항목을 손으로 가리켰다.

"이게 뭔가요?"

"아, 그 항목 말이군요?"

마 대표는 부드러운 목소리로 설명했다.

"트레이닝비와 활동비, 그리고 드라마 PD와 영화감독 소개비 등을 종합하여 운영비라고 붙였습니다. 사실 배우 한 사람 케어하는 데 실로 어마어마한 비용이 들어가지만 저희는 김 군과 함께 성장하고 싶기에 아주 일부분만 받을 생각입니다."

"그래서 얼마가 필요하시다는 거죠?"

"한 달에 200만 원입니다. 물론 할부도 되고요. 일 년치를 선납하면 5퍼센트 할인도……."

"에라이……!"

마침내 그는 더 이상 참지 못하고 자리에서 벌떡 일어났다.

"왜, 왜 그러시죠?"

"어디서 사기를 치쇼? 무슨 기획사 들어가는 데 매달 돈을 내? 누굴 바보 천치 호구로 보나……."

어설프기 짝이 없는 사기였다.

도대체 이런 사기에 속는 사람도 있을까?

하긴 뉴스에 심심찮게 나오는 걸 보면 연예인이 되는 데 눈먼 사람들도 많은 것 같았다.

"어허, 사기라니, 젊은 친구가 무슨 말을 그렇게 하나."

앉아 있던 마 실장이 벌떡 일어서며 문 앞을 가로막았다.

분위기가 험악하게 돌아가고 있었다.

"자리에 앉지, 태웅 씨. 뭔가 오해가 있는 모양인데, 그건 해소하고 가야 하지 않겠어?"

아무래도 쉽게 보내주지는 않을 생각인 것 같았다.

'오디션 보러 오라고 해놓고 사기라니… 쓰레기 같은 놈들이군.'

그 역시 슬슬 분노가 치솟는 와중에 다시 귓가에 익숙한 소리가 들려왔다.

[돌발 미션이 발생했습니다.]

[사기꾼 기획사 대서양을 무사히 탈출하세요. 그들이 요구하는 어떠한 계약서도 작성해서는 안 됩니다.]

[돌발 미션은 실패해도 라이프 포인트 삭감이 일어나지 않습니다.]

갑작스러운 미션에 그는 어안이 벙벙해졌다.

'뭐야? 이런 식으로 갑자기 미션이……'

하지만 미션 내용은 녹록지 않았다.

지금 분위기로는 무사히 탈출은커녕 이상한 계약서에 억지로 도장을 찍거나, 아니면 어디 한 군데 부러져서 나갈 것 같았다.

"너무 겁먹지 말고, 난 그냥 우리 태웅 씨가 괜히 나가서 쓸데없는 소리를 할까 봐 그래. 그걸 피차 예방하는 차원에서 각서나 하나 쓰고 가라, 뭐 이런 거야."

마 대표의 손짓에 그의 머릿속에 수많은 생각이 떠올랐다.

그들이 내미는 계약서에 사인하고 나가는 것도 나쁘지 않았다.

어차피 강압적인 상황에서 체결한 계약서는 효과가 없으니까.

하지만 뭐든 이놈들이 요구하는 계약서에 사인한다면 돌발 미션은 실패하고 만다.

게다가 이런 질 나쁜 양아치들에게 굴복하는 것도 내키지 않았다.

"싫다면 어쩔 거요?"

"싫다? 하……."

그 말에 인자하던 마 대표의 얼굴이 구겨졌다.

"이거 말로는 안 될 친구구먼. 어이, 마 실장. 아무래도 니가 대화의 분위기 좀 조성해 줘야겠다."

"네, 형님. 아니, 대표님."

우람한 떡대의 마 실장이 위압적으로 다가오자 태웅은 뒷걸음질 쳤다.

스턴트맨 생활로 다져진 신체 능력은 두 달간의 병원 생활로 상당히 떨어져 있었다.

멀쩡하다고 해도 맞붙어 이길 자신이 없는 상대인데, 지금 상태로 싸웠다가는 초죽음 당할 것이 뻔했다.

[위기 상황에서 시스템의 튜토리얼 유저 보호 기능이 작동합니다.]

[1회에 한해 배우 라이더 베스의 5분 체험권을 사용할 수 있습니다.]

[이용하시겠습니까?]

'뭐, 뭐라고?'

그가 어리둥절해하는 사이에 마 실장은 어느새 코앞까지

다가와 있었다.

*　　　　*　　　　*

상황이 찬밥 더운밥 가릴 처지가 아니었다.

태웅은 즉시 고개를 끄덕이며 마음속으로 외쳤다.

'그래, 그 라이더 베스 1회 체험권인지 나발인지 얼른 줘봐!'

그 말과 동시에 띠링 하는 소리와 함께 몸이 저절로 부르르 떨렸다.

[대배우 라이더 베스의 1회 체험권이 사용되었습니다.]

[본 체험권의 사용 시간은 5분입니다.]

[배우 라이더 베스의 모든 능력을 사용할 수 있습니다.]

[체험권이므로 외모는 변하지 않습니다.]

'라이더 베스는 원래 난데… 내가 나를 체험한다?'

하지만 그는 이내 자신이 받은 능력이 무엇인지를 체감할 수 있었다.

온몸이 날아갈 듯 가벼워지면서 위압적으로 다가오는 마실장이 하나도 무섭게 느껴지지 않았다.

'그러고 보니 나… 완전 엄친아에 먼치킨이었지?'

생전의 라이더는 전설적인 대배우이자 모든 면에서 완벽한 남자였다.

그가 누구도 따라올 수 없는 걸출한 연기를 선보일 수 있던 배경에는 배역에 대한 완벽한 이해와 흡수가 있었다.

그는 액션 영화와 히어로물에도 적지 않게 출연했다.

그때마다 그는 완벽한 연기를 위해 실제로 온갖 종류의 무술과 스포츠를 섭렵했다.

'쿵푸 마스터 제로'를 찍을 때는 실제로 중국까지 날아가 소림사를 비롯한 온갖 명망 있는 무술 문파에서 무술을 배웠다.

'옥타곤 버스터즈'에서의 격투기 연기를 위해 실제 종합 격투기 단체 UFC의 챔피언에게 1년 동안 하드 트레이닝을 받기도 했다.

'하하하, 어디 한번 놀아볼까?'

예전의 기억이 떠오르자 절로 웃음이 나왔다.

그가 미소 짓는 것을 본 마 실장의 인상이 구겨졌다.

"이 새끼가… 웃어?"

그의 솥뚜껑만 한 주먹이 날아오는 것을 본 태웅은 일단 피하지 않고 한 대를 맞았다.

퍼억!

회심의 미소를 짓던 마 실장의 표정이 급격히 어두워졌다.

아무렇지도 않은 듯 목을 한 바퀴 돌린 태웅이 입이 찢어져라 하품을 하는 것이 아닌가?

사실 태웅은 놀라운 반사 신경을 이용, 주먹이 닿는 순간 빠르게 고개를 돌려 충격을 완전히 반감시킨 것이다.

하지만 그 사실을 알 수 없는 마 실장은 맞고도 아무런 충격이 없는 것 같은 태웅을 보고 당황할 수밖에 없었다.

"자, 너희들이 먼저 때렸으니 정당방위다. 그치?"

"이 새끼가!"

연이어 날아오는 주먹을 태웅은 나비와도 같은 스텝을 밟으며 간단하게 피해 버렸다.

"어, 어라?"

허망하게 공격이 빗나간 것을 안 마 실장이 망연자실해했다.

이를 지켜보던 마 대표 역시 황당한 듯 입을 쩍 벌렸다.

"어디 더 해보시지? 덩치만 큰 돼지 새끼."

"뭐가 어째?"

격분한 마 실장이 다시 덤벼들었지만 이번엔 태웅이 슬쩍 공격을 흘리며 발을 걸었다.

콰당!

마 실장의 소 같은 거구가 공중에서 한 바퀴 돌며 바닥에 처박혔다.

허리를 움켜쥐고 고통스러운 신음을 흘리는 그에게 다가간 태웅이 그대로 옆구리에 사커킥을 날렸다.

나쁜 놈들을 혼내준다는 생각에 절로 입에서 흥겨운 응원가가 흘러나왔다.

"발로 차! 발로 차! 위 아 더 챔피언!"

"크헉! 크허허억!"

마 실장을 잔인하게 걷어차는 태웅을 보며 마 대표의 얼굴이 하얗게 질렸다.

그만하라는 말도 못하고 이빨만 딱딱 부딪치며 떨고 있는데 태웅이 몸을 확 돌려 자신을 바라보는 것이 아닌가?

"이, 이봐요, 태웅 씨. 뭔가 오해가 있는 모양인데… 우린 그저 토크 어바웃을 하려고 했던 거지요. 응? 토크. 커뮤니케이션. 오케이?"

"왜 갑자기 영어를 지껄이고 난리야! 이 양아치 새끼가… 빼박 한국인같이 생겨가지고!"

"으, 으아악!"

태웅이 그의 멱살을 잡아 올렸다.

"캑캑! 이, 이거 좀 놓고 얘기를……."

"너 지금까지 얼마나 사기 쳤는지 모르지만 오늘로 끝인 줄 알아. 계약서 어딨어?"

"네? 무슨 계약서……."

"나 말고 다른 애들 계약서 받았을 거 아니야! 확 그냥! 오리발 내밀래?"

한 대 치려는 시늉에 마 대표가 화들짝 놀라며 입을 열었다.

"저, 저기 하늘색 캐비닛 오른쪽 아래 두 번째 칸에 있습니다!"

"가져와."

몸의 자유를 되찾은 마 대표가 황급히 캐비닛에서 계약서 뭉치를 가져왔다.

"찢어."

"네?"

"찢으라고."

"크흑……."

"아, 그전에 영상 하나 찍자."

태웅은 핸드폰을 켠 후 동영상 촬영 모드로 전환한 다음 서류 뭉치를 들고 있는 그에게 말했다.

"지금부터 네가 한 잘못을 하나부터 열까지 빠짐없이 말하고, 그 서류 뭉치를 산산조각 낸다. 실시!"

"시, 실시!"

마 대표는 울상이 되어 지금껏 자기가 연예인 지망생들에게 어떻게 사기를 쳤는지, 어떤 악행을 저질렀는지를 구구절

절 말하고는 눈물을 머금고 계약서를 찢기 시작했다.

"잘했어. 이리 와봐."

"네? 아니, 왜……."

"빨리 안 와?"

마 대표가 다가오자 태웅은 그대로 그의 콧잔등에 딱밤을 날렸다.

"으악!"

코를 움켜쥐고 괴로워하는 그를 보며 태웅은 씨익 웃었다.

"휴, 한 건 했네."

손을 툭툭 턴 태웅은 핸드폰을 들었다.

"여보세요. 경찰서죠? 여기 기획사인 척하고 배우 지망생들 등쳐 먹는 악질 사기꾼 놈들이 있거든요? 와서 좀 잡아가 주세요."

*　　　　　*　　　　　*

사건이 마무리된 후 진술을 마치고 경찰서를 나오는 태웅의 귓가에 이제는 익숙해진 기계음이 들려왔다.

[돌발 미션을 완수하셨습니다.]
[미션 달성 보상으로 라이프 포인트 3이 주어집니다.]

'호오, 보상이 꽤 괜찮은걸?'

감탄하던 그는 퍼뜩 든 생각에 고개를 저었다.

'아니지. 자칫하면 된통 얻어터지고 사기 계약서까지 쓸 뻔했는데. 이 빌어먹을 시스템인지 뭔지 때문에 이게 뭐람?'

그는 다시 허공에 화풀이를 하려다 부질없음을 알고는 한숨을 내쉬었다.

어쨌든 보상으로 인해 현재 라이프 포인트는 6.

다행히 상당한 시간을 벌 수 있었다.

'그러고 보니 오늘 오디션 하나가 더 있었지? 아직 시간은 좀 남았는데……'

한바탕 골치 아픈 일을 끝내고 나니 어느덧 저녁이 가까워지고 있었다.

오디션 시간은 오후 6시.

공고가 올라온 타이밍이나 오디션 시간으로 봐서는 결원 등으로 인해 급하게 잡힌 오디션 같았다.

'오디션을 보면 뭐 하나. 이런 발연기로 붙을지 안 붙을지도 모르는데……'

그에겐 두 가지 선택권이 있었다.

6일의 시간 동안 대사 없는 오디션이 뜨길 기다리느냐, 아니면 일단 닥치는 대로 오디션을 보느냐.

그는 고개를 저었다.

아니다.

한 가지 선택권이 더 있었다.

'메뉴!'

그가 머릿속으로 외치자 눈앞에 '커스터마이징' 메뉴가 떠올랐다.

'분명 여기 상점에서 라이프 포인트로 핸디캡을 고칠 수 있다고 했지?'

김태웅의 치명적인 문제점, '긴장하면 짧은 혀'를 고칠 수 있는 라이프 포인트는 5.

현재 라이프 포인트는 6이기 때문에 핸디캡을 없애는 데 라이프 포인트를 쓴다면 고작 1이 남게 된다.

게다가 만약 오디션에 떨어지기라도 한다면 미션 실패를 이유로 라이프 포인트가 깎인다.

그렇다면 그 자리에서 0이 되어 죽을 수도 있었다.

'어떻게 하지. 빌어먹을!'

그는 오후에 볼 오디션 담당자 전화번호로 문자를 남겼다.

[안녕하세요. 오디션 지원자입니다. 혹시 오디션 결과가 언제쯤 발표되는지 알 수 있을까요?]

바로 답장이 왔다.

[현장에서 바로 합격, 또는 탈락 여부를 발표합니다.]

'오호라.'

그는 갈등하지 않을 수 없었다.

다른 오디션을 기다리는 것이 안전할 수는 있지만, 사실 그 기간 동안 붙을 만한 공고가 올라온다는 보장이 없었다.

만약 이대로 기다리기만 하다가 남은 6일을 그냥 허망하게 소진해 버린다면?

아무것도 하지 못하고 그대로 죽어버릴 수도 있는 것이다.

'그래, 인생 뭐 있어? 화끈하게 걸어보는 거야.'

그는 상점 화면에서 바로 '김태웅의 핸디캡 제거: 긴장하면 짧은 혀'를 바라보며 마음속으로 외쳤다.

'구입!'

[정말 구입하시겠습니까? 라이프 포인트 5가 소모됩니다.]

'구입한다!'

그의 말과 동시에 환한 빛이 몸을 감쌌다.

'이, 이건?'

['김태웅의 핸디캡 제거: 긴장하면 짧은 혀'를 구입하셨습니다.]
[남은 라이프 포인트는 1입니다.]
[라이프 포인트가 0이 되면 당신은 죽게 됩니다.]

[현재 시각 오후 4시. 남은 시간은 8시간입니다.]

'휴, 이제 모 아니면 도다.'

문득 그는 입을 크게 벌리고 아, 에, 이, 오, 우를 발음해 보았다.

핸디캡이 정말 고쳐졌는지 확인하는 과정이 필요했다.

숨을 크게 들이마신 후 그는 천천히 한 마디씩 내뱉었다.

"숲속을 샅샅이 뒤져 찾아내라."

누구 앞에서 연기를 하는 상황이 아닌 걸 감안하더라도 너무도 완벽한 발음.

"야호!"

그는 뛸 듯이 기뻤다.

마침내 김태웅의 27년 인생을 따라붙어 다닌 지긋지긋한 핸디캡이 사라진 것이다.

*   *   *

드라마 '청춘은 맛있어!' 오디션장.

'청춘은 맛있어!'는 본래 웹 드라마였다가 급하게 케이블 드라마로 편성이 바뀌었다.

그 때문에 일시적인 대본 수정과 추가 캐스팅이 있었는데,

그중 배역 하나가 당장 비는 상황이었다.

촬영일은 불과 일주일 남은 상황.

PD 김광록은 자꾸만 편성이 바뀌는 상황 때문에 골머리를 썩고 있었다.

메인 작가인 유성미 역시 마찬가지로 스트레스가 장난이 아니었다.

"아니, 도대체 왜 이렇게 제 맘대로예요? 정말 너무한 거 아니에요?"

"나도 머리 아파 죽겠어. 왜 나한테 그래?"

"그래도 피디님이 얘기해 주셔야죠. 피디님이 아니면 누가 얘기해요?"

"글쎄, 나도 찍소리 못한다니까 그러네. 대표님도 스폰서가 자꾸 추가돼서 정신없어 하서. 개네들 입맛에 맞춰야지 어떻게 해?"

드라마나 영화는 원체 사공이 많아서 시간이 갈수록 숟가락 없는 사람이 많아지게 마련이다.

'청춘은 맛있어!' 역시 참신하고 트렌디한 발상의 소규모 웹 드라마로 시작해서 이제는 제법 인지도 있는 케이블 방송국 용 드라마로 확장되었다.

수입 면에서야 좋을지 몰라도 규모가 커지다 보니 제작진 입장에서는 죽을 맛이었다.

"이렇게 부랴부랴 오디션이나 봐야 되다니… 몰라요, 피디 님이 알아서 뽑으세요."

"왜 이래, 유 작가? 유 작가가 이미지에 딱 맞는 친구를 찾 아줘야지."

"몰라요. 나도 갑자기 만든 캐릭터인데 그런 걸 어떻게 찾겠 어요?"

마지막으로 캐스팅할 역할은 일식 요리사 '황갈'이었다.

요리를 소재로 한 청춘 드라마 '청춘은 맛있어!'에서 일종의 개그 캐릭터로 투입되는 배역으로, '개그 캐릭터 하나쯤 있어 야지' 하는 제작자의 입맛에 맞게 급하게 추가되었다.

"일식 요리사가 개그 캐릭터라니, 내가 생각했지만 진짜 이 상한 캐릭터 아니에요?"

만든 자기도 감이 안 오는 캐릭터인데 대체 배우는 어떻게 연기를 할지 벌써부터 미안해졌다.

"워낙 급하게 공고를 올려서 다섯 명밖에 연락이 안 왔네. 그래도 가급적이면 오늘 꼭 뽑아야 해."

"그러시던가요."

오디션이 시작되고 배우들이 하나씩 들어왔다.

대체적으로 외모는 괜찮았지만 어딘가 천편일률적인 냄새 가 났다.

아마 연기 학원에 다니는, 인터넷에 상주하며 배우 오디션

공고가 올라오기를 기다리며 새로고침 버튼을 누르는 하이에 나들 같았다.

*   *   *

네 번째 지원자가 나가고 난 후 그녀는 한숨을 내쉬었다.

"큰일이네. 사람이 이렇게 없으면……."

피디가 그녀의 눈치를 슬슬 보며 입을 열었다.

"내일이라도 또 봐야지 어떻게 하겠어요."

마지막 지원자가 문을 열고 들어왔다.

그의 얼굴을 보고 피디와 작가 모두 내심 탄식하고 말았다.

너무도 평범하게 생긴 얼굴과 이미지.

아무리 잘 봐줘도 흔한 새내기 대학생 같은 느낌이었다.

"김태웅입니다. 스턴트맨 생활 3년에 대학로에서 다년간 연극배우 생활을 했습니다. 잘 부탁드립니다!"

시원시원한 인사에 호감이 들긴 했지만, 그래도 연기력은 별개의 문제였다.

"대본 보셔서 알겠지만 배역이 엉뚱한 일식 요리사예요. 잘할 수 있겠어요?"

"그럼요. 제가 원래 취사병 출신이라 한 요리 합니다."

취사병과 일식 요리사와는 갭이 너무 크다.

어차피 조연이니 외모가 그리 잘나지 않아도 상관없지만, 만약 개그감을 보여주지 못하거나 밋밋한 연기라면 그대로 까야 할 것이다.

"시작하세요."

큐 사인에 태웅은 미간을 좁혔다.

대본에는 일식 요리사 '황갈'에 대한 설정과 그가 만취한 상태에서 친구들을 불러 요리를 해준다는 상황만 주어져 있었다.

배역을 어떻게 해석하고 상황을 재미있게 풀어가야 할지는 전적으로 오디션을 보는 그의 몫이었다.

태웅은 빠르게 머리를 굴렸다.

짧은 혀라는 핸디캡을 제거했다고 해도 오디션은 극히 짧은 시간이 주어지기에 장점만을 극대화해서 보여줘야 한다.

'오디션은 무조건 임팩트다!'

라이더 베스일 때, 그는 단 한 번도 오디션에서 탈락하지 않았다.

나중에 그가 인터뷰에서 그런 말을 남겼을 때 사람들은 좀처럼 믿지 못했다.

아무리 그가 전설의 반열에 오른 대배우, 톱스타라고 해도 무명 시절이 있었을 텐데, 어떻게 오디션에서 한 번도 떨어지지 않을 수 있단 말인가?

하지만 그것은 사실이었다.

오디션 합격률 백 퍼센트의 비결은 바로 강렬한 인상을 주는 것이었다.

'해보자!'

그는 소품으로 가져온 회칼을 주머니에서 꺼냈다.

갑작스러운 흉기의 등장에 오디션장의 모두가 깜짝 놀랐다.

"뭐, 뭐야, 저거?"

"진짜 회칼이잖아?"

웅성거리는 소리가 들렸지만 태웅은 아랑곳하지 않고 회칼로 칼질하는 시늉을 했다.

살아 있는 생선의 살을 발라내는 듯한 손동작이 예사롭지 않았다.

적당히 붉어진 얼굴로 비틀거리면서 그는 회칼을 든 손을 앞으로 내밀었다.

"다들 먹어. 사양하지 말고 마음껏."

그의 칼을 든 손이 사람 하나하나를 가리키다 멈췄다.

갑자기 그의 얼굴이 무섭게 변했다.

"왜 안 먹어? 니들 자꾸 그러면 앞으로 생선회 안 해준다?"

고함을 버럭 지르자 듣고 있던 사람들이 움찔했다.

"진짜 실감나는데?"

김광록 피디가 유성미에게 귓속말로 속삭였다.

분명 처음 봤을 때는 평범하고 밋밋해서 연기를 할까 싶었는데, 돌입하자마자 엄청난 몰입을 보여주고 있는 게 아닌가?

"아직 개그감은 몰라요."

성미는 건성으로 대답하면서 태웅의 연기에 집중했다.

확실히 눈앞에 있는 배우의 연기는 다른 지원자들과 비교하면 남다른 데가 있었다.

"여기는 쇼미 더 스시. 나는 최고의 요리사 황갈. 닮은 개는 캉갈. 좋아하는 술은 빼갈……"

갑자기 횡설수설하며 랩을 하는 태웅을 보고 지켜보던 모든 사람들이 빵 터졌다.

"꺄하하하하! 저게 뭐야?"

애써 침착함을 유지하던 유성미마저도 웃음보가 터지고 말았다.

술 취한 연기에 갑작스럽게 랩을 하는 센스까지.

연기하기 전 평범한 그였기에 더욱 반전의 매력이 느껴졌다.

"좋습니다. 아주 좋아요. 연기 잘 봤습니다."

김광록 피디의 말에 태웅은 연기를 멈추고 고개를 꾸벅 숙였다.

오디션장의 좋은 반응이 그에게도 그대로 와닿았다.

'이 정도면 잘된 건가?'

갑작스럽게 랩을 한 건 순간적으로 떠오른 센스였다.

아직 라이더가 생전에 가지고 있던 능력들을 되찾진 못했지만, 이런 센스는 순간적으로 튀어나오는 것 같았다.

적절한 소도구를 준비하고 강렬한 임팩트를 남긴다.

거기에 연기력까지 뒷받침된다면 경쟁에서 앞설 수밖에 없었다.

그것이 바로 그가 전생에서 오디션에 백 퍼센트 합격한 비결이었다.

잠시 후, 밖에서 기다리고 있는 그에게 다가온 스태프가 말했다.

"김태웅 씨."

"네!"

"합격하셨고요, 촬영은 다음 주 월요일부터 바로 시작이니까 준비하세요. 촬영 장소랑 대본은 메일로 보내드릴게요."

"감사합니다!"

그는 합격 통보를 받고 제자리에서 폴짝 뛰었다.

'앗싸! 죽는 건 면했구나!'

만약 반응이 좋지 않았다면 그 자리에서 회칼로 이마라도 그을 생각이었다.

어차피 합격 아니면 죽음.

목숨을 걸지 않으면 안 되는 일이었다.

[미션을 달성했습니다.]

[라이프 포인트 30이 주어집니다.]

[최초 정식 미션 달성 혜택으로 라이더 베스의 고유 패시브 스킬 '미친 습득력'이 개방되었습니다.]

['일식 요리' 능력을 습득하였습니다.]

['일식 요리' 숙련도가 10퍼센트 되었습니다.]

'으잉? 이게 다 뭐야?'

태웅은 갑작스러운 메시지 다발에 화들짝 놀랐다.

라이프 포인트가 30이나 생긴 건 그렇다고 치고, 이상한 패시브 스킬과 능력이 생긴 것이다.

스킬 이름이 '미친 습득력'이라니, 참 요상하기도 하다.

'메뉴!'

설정창을 소환하자 스킬에 대한 설명이 떴다.

〈미친 습득력〉

맡은 배역의 능력을 누구보다 빠른 속도로 익힙니다. 역할이 확정된 후 해당 캐릭터의 직업과 관련된 특기를 '천재적인 습득력'으로 배울 수 있습니다. 단, 인간의 한계를 벗어난 능력은 익히는 게 불가능합니다.

'배역의 능력을 빠르게 익힌다?'

말 그대로 사기적인 능력이었다.

그가 맡게 된 역할이 일식 요리사 '황갈'이니 일식 요리라는 능력을 얻게 되는 것이다.

그야말로 대박 중의 초대박.

하지만 잠시 후 그는 어리둥절해졌다.

'근데… 일식 요리 능력으로 뭘 하지? 난 배운데.'

*   *   *

집에 가자 여동생 태선이 푸짐한 저녁상을 차려놓고 기다리고 있었다.

"오디션 합격 축하해. 이건 선물이야."

묵은지 찜에 돼지갈비, 잡채와 시금치, 삼치구이까지 상다리가 부러지도록 차려져 있었다.

"어이쿠, 뭐 이런 걸 다……."

"정치인 같은 소리 하지 말고 얼른 먹어."

쌀쌀맞을 때가 많지만 이럴 때 보면 참 귀여운 데가 있었다.

"가까이 오지 마."

"엥? 내가 뭘 했다고?"

"지금 쓰담쓰담 하려고 했지? 나 그거 싫어."

'어떻게 알았지?'

그냥 강아지 보듯 바라봤을 뿐인데 눈치도 좋다.

배부르게 먹고 침대에 누워 그는 앞으로의 일을 생각했다.

다음 주 월요일까지는 대략 일주일간의 시간이 있었다.

촬영을 하고 출연료가 지급되기까지는 텀이 꽤 길다.

그 기간 동안에는 아르바이트라도 해야 생계가 유지된다.

태선은 아직 대학생 신분으로, 그가 혼수상태에 빠지는 바람에 두 달 동안 수업을 빠지고 편의점 아르바이트를 한 모양이다.

오빠 입장에서 미안하기 그지없었다.

'이럴 줄 알았으면 그 사기꾼들한테 돈이라도 털걸.'

사기 기획사 대서양의 마 씨 형제를 그냥 경찰에 넘겨 버린 게 아쉬울 따름이다.

미친 습득력 스킬로 인해 일식 요리라는 능력이 생겼으나, 생각해 보면 이 능력이라는 게 참 애매했다.

숙련도라는 게 누군가에게 배우거나 혼자라도 열심히 익혀야 100퍼센트의 능력을 발휘할 수 있다.

즉, 그는 지금 일식 요리 실력으론 주방에서 보조할 정도밖에 안 된다.

'기왕 이렇게 된 거, 횟집 같은 데서 아르바이트를 해야겠다. 숙련도도 올리고 돈도 벌고 일석이조니까.'

지금 가지고 있는 라이프 포인트가 30.

이거면 한 달은 더 살 수 있었다.

언제 또 미션이 생길지 모르기에 함부로 쓸 수 없는 소중한 포인트였다.

때문에 그는 시스템의 메뉴창에서 스킬을 살지 말지 고민했다.

'일단 가장 포인트를 적게 쓰면서도 당장 유용한 거 없나?'

그는 메뉴를 소환했다.

상점으로 이동해서 보니 라이프 포인트로 쓸 수 있는 항목이 다 노출되어 있는 건 아니었다.

자물쇠가 잠겨 있는 항목이 있는 건 나중에 열리는 것 같았다.

당장 구매할 수 있는 것 중 눈에 띄는 것은 라이더 베스의 능력 중 하나인 '미친 암기력'이었다.

〈미친 암기력〉

믿을 수 없을 만큼 뛰어난 암기력으로 두툼한 책 한 권도 순식간에 외울 수 있습니다. 이것만 있으면 대사 외우는 것쯤은 식은 죽 먹기.

실제로 라이더 베스는 배우 시절 70분 분량의 대본을 두세 번 읽으면 외워 버리는 괴물이었다.

경이적인 그의 능력은 할리우드 감독과 배우들 사이에서 전설처럼 퍼졌다.

'한국 드라마 제작 환경은 쪽대본이 난무한다던데, 이건 꼭 필요한 능력일 거야.'

하지만 라이프 포인트 10을 소모하는 항목이라 쉽게 마음을 정할 수 없었다.

이걸 사면 무려 10일의 시간이 날아가는 것이다.

'일단 일자리부터 구하자. 운 좋으면 미션이 또 생기겠지. 지난번처럼.'

S# 3
드라마에 출연하다

태웅은 집과 가까운 일식집 아르바이트를 구할 수 있었다.

가급적 촬영이 없는 시간대와 요일을 골라야 했는데, 그렇다 보니 드문드문 일하게 되어 한 달 수입이 많지 않았다.

'휴, 천하의 라이더 베스가 어쩌다가 이렇게 됐담?'

새로운 인생을 얻은 것을 알았을 때는 배우를 할 생각이 없었다.

지난 생에서 놓친 것들을 하나하나 채워가며 사람답게 살 생각이었다.

라이더 베스일 때의 기억은 불완전해서 몇몇 부분은 마치

안개가 낀 것처럼 뿌연 상태였다.

그는 애써 그것을 떠올리려 하지 않았다.

일을 마치고 시간이 날 때면 그는 사람들이 많이 지나다니는 도심 한복판을 여유롭게 걸어다녔다.

누구도 그의 사진을 찍거나 다가와서 사인을 해달라고 하지 않았다.

멀리서 훔쳐보며 수군대지도 않았다.

실로 오랜만에 느껴보는 자유였다.

'이게 사람 사는 거지.'

만약 또다시 연예인이 된다면 느낄 수 없는 자유이다.

예전엔 이런 게 소중한 줄 몰랐다.

어딜 가도 파파라치의 시선을 의식해야 하고 말 한마디, 행동거지 하나에 신경을 써야 했다.

하지만 지금은 아니다.

'소시민의 삶도 나쁘지 않군.'

그는 이러한 생활을 즐기고 있었다.

일을 마치고 돌아오자 태선이 밥을 차려놓고 기다리고 있었다.

자기도 아르바이트를 하고 와서 힘들 텐데 퇴원한 이후 한 번도 거르지 않고 밥을 차려주었다.

"오빠, 돈은 내가 벌 테니까 그냥 연기나 집중해서 해."

저녁을 먹으며 그녀가 말했다.

모처럼 연기자의 꿈을 이뤘는데 다른 데 시간 뺏기는 것을 걱정하는 것 같았다.

"걱정 마. 연기는 그리 어려운 게 아니니까."

"스턴트 말고 정식 연기는 처음이잖아. 너무 자만하는 거 아냐?"

그는 문제없다는 듯 어깨를 으쓱했다.

"너, 아르바이트 관두고 다음 달부터는 다시 학교 가라."

"어차피 이번 학기는 틀렸어. 그리고 돈은 누가 벌라고?"

"이제 출연료 나오니까 괜찮아."

"많이 나와?"

"…아니."

케이블 드라마 조연 배우의 출연료라야 대단할 것이 없다.

"그래서 아르바이트도 하고 있는 거잖아. 공부는 다 때가 있다. 오래 쉬면 안 돼."

"갑자기 무슨 할배 같은 소리래? 어차피 등록금도 없어서 한 학기 정도는 모아야 해."

대학 등록금은 만만치 않은 거금이었다.

남매의 형편으로는 반년마다 몇 백만 원을 내야 한다는 것이 쉬운 일이 아니었다.

하지만 그건 무명의 스턴트맨이었을 때 얘기.

대배우 라이더 베스의 능력을 되찾는다면 그건 문제도 아니었다.

'돈이라… 까짓것, 벌어보지, 뭐.'

＊　　　＊　　　＊

촬영 당일.

처음 얼굴을 드러낸 태웅을 본 기존 배우들이 쑥덕거렸다.

"저 친구는 뭐야?"

"추가된 배역이래요. 스턴트 하다 온 사람이라는데요?"

하지만 그들의 관심은 금방 다른 곳으로 향했다.

주연 배우를 맡은 남자 아이돌 출신 배우가 아직 나타나지 않고 있는 것이다.

"아니, 아직도 안 오면 어떻게 해?"

"첫날부터 지각이라니 어이가 없네."

현장 배우와 스태프들이 불만을 표시했다.

"아니, 피디님, 이거 좀 너무한 거 아닙니까?"

"진정들 하세요. 음악 방송 스케줄 때문에 청주 내려갔는데 도로가 좀 막힌답니다. 조금만 기다려 주세요."

'이게 한국 드라마의 촬영 현장인가?'

촬영 배우가 시간을 못 맞추면 엄격한 페널티가 주어지는 할리우드와는 확연히 다른 제작 환경이었다.

구석에 앉아 종이컵에 든 믹스 커피를 홀짝거리면서 그는 촬영장과 배우들의 면면을 관찰했다.

초조한 얼굴로 정신없이 움직이는 스태프들.

여유가 없어 보이는 배우들과 보조 출연자들의 면면이 눈에 들어왔다.

'후후, 한국 드라마 따위에 출연하게 될 줄이야… 나름 재미는 있군.'

언제나 미국에서만 활동해 온 그다.

마이너한 단편영화는 십 대 때 경험 삼아 출연해 봤다.

'출연하자마자 피곤해졌지.'

분명 단편영화에 출연했을 뿐인데 순식간에 온라인에서 화제가 되었다.

영화를 본 모든 사람들이 이구동성으로 말했다.

"도대체 이 배우 누구야? 분명 영화를 다 봤는데 이 남자밖에 기억이 안 나."

감독 입장에서는 울상을 지을 만한 얘기였지만, 정말로 영화를 본 사람들은 오직 라이더밖에 기억할 수가 없었다.

별것 없는 평범한 단편영화가 세계 최고의 단편영화제 '끌

레르몽 페랑'에 출품되고 심사 위원상까지 수상하게 되었다.

오직 라이더의 압도적인 존재감 때문이라고 할 수 있었다.

타고난 절대적인 재능과 스타성을 가지고 있던 슈퍼스타.

하지만 지금은 별 볼 일 없는 한국의 조연 배우로 시작부터 엉망진창인 드라마 출연을 준비하고 있었다.

* * *

"어이쿠, 죄송합니다. 차가 너무 많이 막혀서요."

아이돌 출신 주연배우 강창구가 만면에 미소를 띠고 촬영장 안으로 들어왔다.

그의 주위로 스타일리스트와 매니저가 그림자처럼 따르고 있었다.

"많이 늦었네요. 바로 준비하겠습니다."

대충 사과하고 자기 기획사 사람들과 함께 분장실로 이동하는 모습에 몇몇 배우들이 혀를 찼다.

"아니, 뭐 저렇게 개념이 없지? 이렇게 많은 사람들 기다리게 했으면 좀 성의 있게 사과해야 하는 거 아냐?"

"피디도 함부로 못하니 콧대가 하늘을 찌르는구먼. 이 드라마 스폰서가 자기네 기획사라 이거지?"

'오호라, 그런 이유가 있었군.'

드라마 스폰서이자 대형 기획사 ROD에서 가장 핫한 아이돌 그룹 '올리브차일드'의 메인 보컬.

모델 뺨치는 외모로 정상급 인기를 구가하고 있는 강창구이다 보니 이 바닥에서 제법 잔뼈가 굵다는 중견 배우조차도 함부로 대할 수가 없었다.

드라마 판도 자본의 원리가 지배하는 곳.

애당초 강창구가 아니었다면 편성도 제대로 못 잡았을 드라마이다 보니 피디건 작가건 쩔쩔맬 수밖에 없는 것이다.

'저놈이 깝치든 말든 상관없다. 어찌 됐든 촬영만 하고 가면 돼.'

태웅은 마음이 느긋했다.

촬영 전날까지 자유인의 삶을 누리면서 언제나 그를 짓누르던 압박감이 사라졌기 때문이다.

'그놈의 미션이란 것만 끝까지 깬다면 완전한 자유인으로 살아야지.'

여유롭게 자판기 커피를 들이켜는 그의 귓가에 갑자기 익숙한 기계음이 들려왔다.

[첫 번째 드라마 '청춘은 맛있어!' 촬영이 시작됩니다.]
[오늘의 미션: 단 한 번의 NG도 없이 오늘의 촬영을 끝내세요.]

새롭게 나타난 미션 메시지에 그는 어안이 벙벙해졌다.

한 번의 NG도 없이 촬영을 끝내라니?

크게 중요한 역할은 아니지만 오늘 그가 촬영할 신은 세 개.

신인 배우인 데다 아직 피디의 성향도 제대로 파악하지 못한 상태에서 NG를 안 낼 수 있을까?

'물론 껌이지.'

짧은 혀라는 핸디캡은 이미 제거했다.

애당초 절대적이고도 완벽한 연기력을 가진 그이기에 핸디캡이 없다면 NG 없이 한 방에 오케이 받는 것도 불가능한 일은 아니었다.

일단 피디가 연기자들에게 어떤 연기를 원하는지, 한 방에 가는 걸 좋아하는 타입인지 파악할 필요가 있다.

"이봐, 젊은 친구. 드라마는 처음인가?"

어느새 그의 옆으로 다가온 한 중년 남자가 갑자기 말을 걸었다.

땅딸막한 키에 대머리, 그리고 덥수룩하게 난 턱수염과 남산만 한 배까지.

태웅은 그를 힐끗 보곤 미간을 찌푸렸다.

'어디서 봤지? 왠지 낯이 익은데?'

가끔 드라마에서 잠깐 스쳐 지나가는 단역 전문 배우인 듯

했다.

"네."

"너무 긴장하지 마. 나도 처음에는 엄청 떨었는데 막상 해 보니까 익숙해지더라고. 자네 스턴트맨 출신이라던데, 연극도 했댔지? 나도 그거 했거든."

"아."

"연극하곤 확실히 다르지. 일단 카메라가 들이대고 있으니 없던 카메라 공포증도 생기고 말이야. 규모도 으리으리하고, 여기저기서 사람들 뛰어다니고, 소리치고, 정신없지. 스턴트맨 하고 또 다른 게 어디까지나 대사가 있는 배역이잖아? 몸만 쓰는 것하고는 또 다른 까다로움이 있다고나 할까?"

"그렇군요."

태웅은 건성으로 대답했으나 그는 여전히 자신에게 연기 선배로서의 충고를 하려는 듯 주절주절 잡소리를 늘어놓았다.

'거참, 귀찮은 아저씨네.'

피디의 성향을 파악해야 하는 타이밍인데 정신이 산란하기 짝이 없었다.

남자는 뭔가를 발견한 듯 태웅의 등 너머로 시선을 던졌다.

"이야, 주연배우께서 입장하시는구먼. 저기 좀 봐."

웅성거리는 소리와 함께 강창구가 세트장으로 들어왔다.

희한하게도 그의 주변이 조명을 받은 듯 환해지는 느낌이 들었다.

'아이돌 주제에… 나름 스타성이 있군.'

태웅에게는 보였다.

단순히 연기 잘하는 배우나 꽃미남, 꽃미녀가 아닌 진짜 스타성을 가진 배우.

뜻밖에도 강창구는 진짜 스타가 될 만한 재목이었다.

'그래 봤자 내 발끝에도 못 미치지만 지켜볼 만한 녀석이군.'

배우 생활에는 더 이상 아무런 욕심도 없었는데 막상 저런 스타성을 가진 배우를 보니 은근히 꺾어버리고 싶은 의욕이 샘솟는 것이 느껴졌다.

'쓸데없는 승부욕이 발동하다니, 고작 저런 풋내기를 가지고. 후후.'

그는 고개를 절레절레 저으며 손에 든 대본을 펼쳤다.

미션을 성공시키기 위해서는 일단 대본부터 완벽하게 숙지해야 했다.

70분 분량이면 대략 A4 용지로 100장 정도 된다.

물론 첫 회 촬영에서 그가 나오는 신은 달랑 하나.

하지만 전체 내용을 숙지하는 것은 기본이다.

그것이 배우 생활을 시작할 때부터 몸에 밴 그의 연기 철학이었다.

'딱히 어려운 대사는 아니다. 다만……'

일식 요리사로 근무하는 횟집에서 주인공 친구들과 처음 만나는 장면이다.

대사는 겨우 세 개.

문제는 그게 아니라 다른 것에 있었다.

        *   *   *

"제 신부터 가죠. 조금 일정이 바빠서요."

강창구의 말에 김광록 피디는 일순간 썩은 표정을 지을 뻔했다.

하지만 그는 초인적인 인내심을 발휘하여 부드러운 말투로 강창구에게 말했다.

"창구 씨, 그건 좀 어려울 것 같아. 장소 순으로 촬영 스케줄을 잡아놨거든. 대신 내가 최대한 같은 장소에서 창구 씨 건 빨리 찍는 쪽으로 갈게."

그 말에 강창구는 영 못마땅한 표정을 지었지만, 못 이기는 척 고개를 끄덕였다.

"그러죠, 뭐. 다른 분들도 계시니까. 대신 최대한 빨리 부탁드려요."

다른 배우들은 멀리서 그 모습을 보곤 자기들끼리 입방아를 찧었다.

"아무리 봐도 강창구가 삼원 그룹 회장 손자라는 게 맞는 것 같지? 아니면 아무리 기획사가 빵빵해도 저럴 수가 있나?"

"그럴 거야. 이 바닥도 빽 있으면 왕이지 별수 있나? 나이고 선배고 없어."

'호오라!'

태웅은 배우들의 대화를 들으며 강창구가 저렇게 나댈 수 있는 이유를 알게 되었다.

제아무리 대단한 기획사의 아이돌이라고 해도 어지간해서는 저렇듯 싹수없지는 않았다.

"그리고 그때 얘기한 건데 오늘 신 21 대사 있잖아요. 영 마음에 안 드는데⋯ 바꿨어요, 유 작가님."

피디 옆에 있던 유성미 작가가 어이없어하며 말했다.

"언제 바꾸라고 했어요? 그리고 대본은 제 역량⋯⋯."

"아아, 내가 깜빡하고 빼먹었네. 아이구, 이거 미안해요, 창구 씨. 유 작가랑 상의 좀 하고 올게요."

피디가 유 작가의 말을 가로막곤 그녀의 손목을 잡아끌고 촬영장 구석으로 갔다.

"이거 놔요. 저 싸가지랑 얘기 좀 하게."

"아, 좀! 분위기 파악 좀 해줘. 나 뚝배기 깨지는 꼴 보고 싶어서 그래?"

"세상에 지가 무슨 대배우도 아니고 고작 아이돌 나부랭이가 촬영 스케줄을 바꿔 달라느니 대사를 고쳐 달라느니… 아니, 언제부터 이 바닥이 이렇게 개차반이 됐대요?"

"목소리 좀 낮추라고. 응?"

그 모습을 팔짱 끼고 흥미롭게 지켜보는 태웅에게 아까 귓가를 시끄럽게 간지럽히던 중년 남자가 다시 다가와 말했다.

"정말 개판이야, 개판. 시작부터 이 모양이니 앞으로 작품이 어떻게 될지 뻔해. 여기저기서 흔들다가 시청률 안 나와서 피디랑 작가 잘리고, 더 시청률 폭망해서 조기 종영 되겠지. 저 아이돌 친구야 뒤가 빵빵하니 별 손해 안 보겠지만 나머지는 뭐가 되냐고."

너무 긴 말에 지겨워진 태웅이 한숨을 내쉬었다.

"제가 조금 피곤한데요, 조용히 좀 있고 싶네요. 부탁 좀 드립니다."

나름 쫓아내려고 한 행동이었으나, 중년 남자는 별다른 동요도 없이 빙긋 웃었다.

"흐흐, 그랬구먼. 미안하네. 어쨌든 서로 돕고 지내보자고. 내 이름은 오한수라고 해."

그가 손을 내밀자 태웅은 건성으로 악수를 했다.

새파랗게 어린 사람에게 면박을 당했으니 불쾌해할 만도 하건만, 아무렇지도 않아 보여 의외였다.

"김태웅입니다."

"이 바닥에서 모르는 게 있으면 언제든지 물어보라고. 드라마든 영화든 나름 오래 굴러먹었거든. 거의 구라패치 기자보다 많이 안다고 보면 될 거야. 허허."

말처럼 많은 정보를 가지고 있는 인물이라면 친분을 쌓고 지내도 나쁘지 않을 것 같았다.

문득 한 가지 의문이 떠오른 태웅이 물었다.

"그럼 물어볼 게 있는데요."

"뭔가?"

"혹시 문제의 귀환이라는 영화 아십니까?"

"아아, 들어봤지. 조금 있으면 개봉하는 액션물 아닌가?"

"거기 스턴트맨 하나가 크게 다쳤다고 하는데, 감독은 어떻게 됐나요?"

"그건 나도 들었지. 그런데 뭐 스턴트맨 하나 다쳤다고 영화를 안 찍겠나? 대충 수습해 입 막고 강행해 촬영했다고 들었네. 들어간 제작비가 장난이 아니라니까 말이야."

"하아!"

절로 한숨이 나왔다.

'문제의 귀환'

태웅이 출연했다가 사고를 당한 바로 그 영화이다.

혼수상태가 된 자신에게 달랑 100만 원을 던져주고 촬영 강행이라……

"그 감독은 아무런 처벌을 안 받았고요?"

"글쎄… 그런 일은 이 바닥에서 흔하니까 사실 뉴스거리도 안 되지. 그런데 그건 왜?"

"아닙니다. 고맙습니다."

꼬치꼬치 캐물으려는 기색을 느낀 태웅은 말을 끊고 자리를 떴다.

귀찮게 따라오면 한마디 하려 했는데 의외로 그런 기색은 없었다.

'그 감독, 이름이 임기환이었지. 가만 안 두겠어.'

어떻게 된 그림인지는 뻔히 보인다.

영화는 하나의 거대한 이권 사업과 마찬가지라 수많은 투자가 들어갔을 것이다.

제작사도 감독도 고작 스턴트맨 하나의 목숨과 영화를 바꿀 리는 없다.

'대체 어디서부터 청소를 해야 되는지… 구더기가 들끓지 않는 곳이 없군.'

밖에서 담배를 한 대 피우며 달궈진 마음을 식히고 있던 태웅은 누군가 자신을 바라보고 있는 것을 느끼고 고개를 돌렸다.

건너편 횡단보도를 허겁지겁 뛰어오는 남자가 보였다.

"기, 김태웅! 이 새끼, 진짜 일어났구나!"

장발에 입가에 주름이 가득한 얼굴, 그리고 다부진 몸을 한 남자가 그를 향해 달려오더니 두 팔로 있는 힘껏 껴안았다.

"으악! 이거 안 놔?"

"이 새끼, 일어났으면 형님한테 신고부터 해야지, 이렇게 직접 찾아오게 해?"

기차 화통을 삶아 먹었는지 귓가가 얼얼했다.

이 남자의 이름은 박홍구.

태웅과 같은 액션스쿨을 다닌 스턴트맨 동료이다.

태선에게 듣기로는 그가 사고를 당했을 때 제일 먼저 병실로 들이닥친 친구이다.

자초지종을 잘 몰랐기에 망정이지 그가 만약 사고 현장에 있었다면 그 자리에서 죄다 뒤엎었을 것이다.

그만큼 화끈하고 물불 안 가리는 의리파다.

"좀 놔봐, 새꺄. 아파 죽겠어. 나 환자라는 거 잊지 마라."

"하, 입이 산 걸 보니 멀쩡하구먼, 이 새끼! 하하하하하!"

촬영장 안까지 들릴 정도로 떠나가라 웃는 게 영 쪽팔렸다.

"여긴 어떻게 알고 왔어?"

"나 해외 촬영 갔다 왔잖냐. 귀국해서 너 깨어나고 드라마 캐스팅됐다는 소리 들었지. 그래서 듣자마자 바로 달려왔다는 거 아니냐."

그의 얼굴은 기쁨과 안도로 붉게 상기되어 있었다.

하지만 태웅은 친구와의 회포를 푸는 것보다 더 신경 쓰이는 문제가 있었다.

"자초지종 좀 말해봐라."

"무슨 자초지종?"

"난 혼수상태라 모르는 걸 넌 알고 있을 거 아냐."

"뒤처리 말이지?"

"그래. 나 사고 난 후 어떻게 됐느냐고."

"휴……."

박홍구가 깊은 한숨을 내쉬었다

늘 밝고 활기찬 그에게서는 좀처럼 볼 수 없는 모습이다.

"임 감독 그 씹새끼가 돈이랑 권력으로 발랐지, 뭐. 현장에 있던 사람들도 죄다 입 다물고 쉬쉬하고 있어서 어쩔 도리가 없더라. 나도 해볼 만큼 해보고 있는데 이건 뭐… 미안하다."

그가 머리를 꾸벅 숙이며 무릎을 꿇었다.

"그만하고 얼른 일어나. 네가 뭔 잘못이냐?"

태웅은 그를 일으켜 세웠다.

더 상세하게 캐묻고 싶었지만 지금은 시간이 없었다.

"야, 나 슬슬 들어가 봐야겠다. 이제 조금 있으면 내 신이야. 끝나고 술 한잔하자."

들어가려는 그의 어깨를 붙잡은 홍구가 눈을 맞추며 진지한 표정으로 말했다.

"넌 할 수 있어. 여기서 잘해서 꼭 인기 배우 돼라. 우리 액션스쿨의 위상을 보여줘."

부담스러운 말과 눈빛에 태웅은 떨떠름한 얼굴로 고개를 끄덕였다.

*　　　　*　　　　*

드디어 태웅의 신 촬영이다.

대사는 불과 세 번에 불과했다.

'왔어?'와 '일하는 중이니까 이따 연락할게', 그리고 '네, 손님!' 달랑 이게 전부이다.

문제는 그가 일식 요리를 하는 장면이 꽤 오래 나온다는 점이다.

대략 10초 정도 현란한 칼질을 하고 초밥을 쥐는 장면이 경쾌한 음악을 배경으로 나온다고 대본에 적혀 있었다.

'그동안 일식 요릿집에서 아르바이트를 한 보람이 있어야 할 텐데.'

라이더 베스의 능력 '미친 습득력'으로 인해 일식 요리 능력은 대략 30퍼센트 정도 올라왔다.

그 정도라면 적어도 촬영장에서 그럴듯한 모습을 보여줄 정도는 된다.

맛보다 쇼맨십에 집중하면 되니까.

일식 요리사 복장을 하고 촬영장 세트로 들어선 태웅을 김광록 피디가 불렀다.

"태웅 씨, 준비됐죠?"

"물론입니다."

"자신 있어 보여 좋네. 잘해봅시다. 칼질 연습은 좀 했어요?"

"그럼요. 요즘 일식집에서 아르바이트 중입니다."

"그래요? 배역을 위해서?"

"네."

그 말에 피디는 만족스러운 듯 미소를 지었다.

"믿음직하구먼. 요즘 태웅 씨 같은 친구들이 드문데. 내가 여러 번 찍는 스타일이니까 컷해도 너무 기분 상해하지 말아요. 하하하!"

'이런 젠장.'

그 말에 태웅의 기분이 언짢아졌다.

'한 방에 가긴 틀린 건가?'

그는 눈을 감고 고개를 저었다.

아니다.

그는 세계적인 대배우이자 연기 천재 라이더 베스다.

문제될 것은 아무것도 없었다.

"가시죠."

"오케이. 그럼 시작하자고."

수많은 카메라와 스태프, 연기자들의 시선이 집중되었다.

갓 합류한 신인 연기자인 그를 보는 시선은 의구심과 호기심 두 종류였다.

멀찍이 의자에 앉아서 그 모습을 지켜보고 있던 강창구가 비웃음 섞인 미소를 지었다.

'개나 소나 다 연기야. 스턴트맨? 차라리 그냥 진짜 요리사를 쓰지. 쯧쯧. 하여튼 수준 낮은 드라마 하고는……'

*　　　　*　　　　*

슬레이트 소리와 동시에 신 31, 일식 요릿집 '아키'의 촬영이 시작되었다.

주인공의 친구들이 떠들썩하게 들어오다가 놀라는 표정을 짓는다.

바로 그들의 친구이자 일식 요리사 황갈이 현란한 칼질로 생선회를 뜨고 있기 때문이다.

'이쯤이야 껌이지.'

황갈을 연기하는 태웅의 손에 잡힌 식칼이 현란하게 춤을

추었다.

그는 실제로 생선을 발라내고 있었는데, 마치 능숙한 일식 조리사처럼 손놀림에 전혀 어색한 부분이 없었다.

절묘한 태웅의 연기에 촬영장 모든 사람들의 시선이 집중되었다.

'우와, 어디서 진짜 요리사를 데려왔나? 무슨 칼질을 저렇게 잘해?'

출연 배우들도 입을 쩍 벌리고 감탄했다.

김광록 피디조차 숨을 멈추고 지켜보고 있었다.

'다음은 초밥!'

대본에는 '현란하고 군더더기 없는 손놀림으로 초밥을 쥔다'라고 나와 있었다.

가만히 생각해 보면 이게 말도 안 되는 소리라는 걸 알 수 있다.

'현란하다는 게 군더더기가 많다는 뜻인데, 뭔 대본을 이따위로 써?'

지문이 불만이긴 했지만, 태웅은 어떻게 연기해야 하는지 본능적인 감으로 캐치했다.

한마디로 멋있게 초밥을 쥐면 된다는 뜻이다.

옛날에 본 초밥 요리사가 주인공인 일본 만화가 있었다.

그곳에 나오는 주인공 선배의 수법을 떠올리며 태웅은 최대한 그럴듯하게 따라 해보았다.

파파팍!

단 세 번만에 밥을 쥐고 생선을 올리는 삼수법.

마치 마술 쇼를 하듯 감탄할 수밖에 없는 멋진 광경이었다.

"우와!"

유성미 작가의 입에서 저도 모르게 탄성이 나왔다.

'이 정도면 됐다. 슬슬 마무리해 볼까?'

조금 더 묘기를 부려볼까 했지만, 더 이상 오버하면 한 번에 오케이가 나오지 않을 가능성이 컸다.

최대한 적정한 선에서 끝내는 것이 NG 없이 가는 지름길이었다.

생선살을 멋지게 데커레이션하여 접시에 내놓은 태웅이 멍하니 입을 벌리고 자신을 바라보고 있는 친구 역할 배우들을 향해 첫 대사를 했다.

"오, 왔어?"

*　　　　*　　　　*

[미션을 달성하였습니다.]

[보상으로 라이프 포인트 50이 주어집니다.]

[현재 남은 라이프 포인트는 73입니다.]

더 살 수 있는 날이 50일이나 주어졌다.

한 번에 피디의 오케이 사인을 이끌어내고 느긋하게 휴식을 취하던 태웅은 추가로 들리는 시스템의 메시지를 듣고 고개를 갸웃했다.

[추가 보상으로 라이더 베스의 기억 일부분이 해방됩니다.]

'으윽, 이건 뭐야? 기억 해방?'

갑자기 눈앞이 번쩍하면서 두 눈이 빠질 듯 머리가 아파왔다.

아직 다 되찾지 못한 라이더 베스의 기억 일부분이 머릿속으로 밀려들어 오고 있었다.

'가만, 저 사람은 누구지?'

그의 눈앞에 백발이 성성한, 반쯤 나사가 풀린 눈빛을 한 노인의 얼굴이 보였다.

기억 속에서 그 노인은 흰색 가운을 입은 채 기계 같은 것을 조작하고 있었다.

그가 있는 장소는 마치 어느 주요 군사시설의 내부처럼 온갖 계기판과 기계 장비들이 가득했다.

'호그스키… 박사?'

노인의 이름이 떠오르자 더욱 두통이 극심해졌다.

분명 저 노인은 중요한 키를 쥐고 있는 사람이었다.

그의 눈앞에 다시 섬광이 일었다.

개방된 기억은 극히 일부분.

도대체 노인의 정체가 무엇인지는 지금으로선 도저히 알 수가 없었다.

'이럴 때 엘런이 필요한데……'

어느새 현실로 돌아온 그는 건너편 촬영장 창문에 비치는 자기 모습을 보고 깜짝 놀랐다.

식은땀을 흘렸는지 머리카락과 상의가 흠뻑 젖어 있었다.

'완전 비 맞은 생쥐 꼴이군.'

그는 가볍게 머리를 쓸어 올렸다.

멀찍이서 그 광경을 지켜보고 있던 친구 박홍구는 태웅의 모습에서 낯선 기분을 느꼈다.

딱히 외모가 달라진 점은 없다.

두 달간의 환자 생활로 인해 살이 많이 빠져서 호리호리해지긴 했지만, 그렇다고 해서 이목구비가 변한 건 아니었다.

하지만 분위기가 달랐다.

이전의 태웅은 씻어낼 수 없는 가난과 실패의 그림자가 몸 전체에 짙게 드리워져 있었다.

그 때문인지 나쁘지 않은 외모였음에도 매력이 없었고 어딘지 모르게 우중충해 보였다.

반면 오늘의 그는 단순한 행동과 태도 하나하나에 알 수 없는 자신감과 여유가 묻어 있었다.

그것으로 인해 사람마저 달라 보일 정도였다.

'도대체 무슨 일이 있었던 거야? 갑자기 연기를 엄청 잘하는 건 둘째 치고 빛이 다 나는 것 같네?'

친구의 시선을 아는지 모르는지 태웅은 손으로 머리를 대충 말리곤 다시 촬영 현장에 집중했다.

아이돌 주연배우 강창구의 신 촬영이 한창 진행 중이었다.

낮에는 대학생, 밤에는 5성급 호텔 레스토랑의 천재 셰프로 활약하는 주인공 한해가 그가 맡은 역할로 친구들의 위기를 요리로 척척 해결해 주는 매력적인 캐릭터였다.

'그래도 연기를 꽤 하는데?'

다른 배우들의 못마땅한 시선과는 다르게 태웅은 강창구의 연기가 나쁘지 않다고 생각했다.

딱히 연기 경험이 많아 보이지 않음에도 저 아이돌은 자신이 맡은 역할의 느낌을 충분히 소화해 내고 있었다.

'하지만 한 우물을 팔 타입은 아니군. 배우는 취미로 하는 것 같아 보여.'

실제로 강창구는 연기를 대충 하고 있었다.

그럼에도 높은 점수를 준 이유는 그 대충대충 하는 느낌이 캐릭터와 잘 맞아떨어진다는 것이다.

본능적인 감이 있고 포인트를 잘 집어낼 줄 안다면 사실 열심히만 하는 것보다 좋은 표현을 할 수 있었다.

"어때, 유 작가? 나쁘지 않지?"

강창구의 연기를 보며 김광록 피디가 옆에 있는 유성미에게 낮게 속삭였다.

"너무 성의가 없어요. 다른 배우들은 열심히 하는데……."

겉으로는 불만스럽게 얘기했지만 그녀도 내심 강창구의 연기가 괜찮은 편이라고 생각했다.

전체 촬영에서 NG도 그리 많이 내지 않았고, 주연으로서도 충분히 갈 수 있을 것 같았다.

"아주 좋았어, 창구 씨. 이 정도면 걱정 안 해도 되겠는걸. 하하하!"

"걱정하셨어요?"

강창구가 불쾌하다는 듯 심드렁하게 대답했다.

삐딱한 그의 태도에 김광록 피디는 손을 내저었다.

"아니, 걱정은 무슨. 그냥 너무 잘해줘서 앞으로도 탄탄대로라는 거지."

"별로 어려운 건 없네요. 다음부터는 가급적 제 촬영은 몰아서 편성 부탁드려요."

"그, 그럼. 내가 신경 잘 써줄게."

멀찍이서 그 모습을 지켜보던 유성미는 다시 배알이 뒤틀렸다.

분을 참느라 애써 시선을 돌리던 그녀의 눈에 늘어져라 하품을 하고 있는 태웅의 모습에 들어왔다.

오디션 때보다도 훨씬 뛰어난 연기를 보여준 그가 예전과 다르게 보였다.

'외모만 좀 더 되고 스타성만 있으면 좋을 텐데……'

나름 두세 번의 성공작을 내 입지가 탄탄해지고 있는 그녀였지만 아직 업계에서 힘을 발휘하기엔 짬이 부족했다.

만약 자신이 힘이 생긴다면 태웅을 주연급으로 한번 써보고 싶다는 생각이 들었다.

                    *   *   *

"모두 수고하셨습니다!"

첫 화 촬영이 마무리되고 난 후 귀가할 준비를 하는 태웅에게 다시 그 중년 남자가 다가왔다.

"어이, 친구. 오늘 연기 아주 죽여줬어. 내가 자주 가는 이촌동 횟집 주인장이 온 줄 알았다고. 허허허."

"아아, 네."

태웅은 대놓고 귀찮은 표정을 지었다.

그러고 보니 이 사람, 오늘 자기 촬영도 없는데 촬영장에 나온 것 같았다.

　뭐, 첫 촬영이라 의무적으로 참석한 것일 수도 있지만.

　"난 오한수라고 해. 아무래도 자네는 머지않아 스타가 될 것 같은데? 앞으로 잘 부탁해."

　도대체 뭘 보고 그렇게 생각했는지 모르겠지만 태웅은 이 남자의 지나친 관심이 부담스러웠다.

　그의 기분을 아는지 모르는지 오한수는 익살스러운 표정으로 고개를 숙여 보이곤 자리를 떴다.

　　　　*　　　　*　　　　*

　촬영장을 나오는데 한 무리의 인원이 분주하게 움직이는 것이 보였다.

　강창구가 매니저와 코디를 대동하고 자신의 밴으로 이동하고 있었다.

　무슨 귀빈을 경호하는 것처럼 촘촘히 둘러싼 꼴이 과하다는 생각이 들었다.

　인원에 둘러싸여 있던 강창구가 태웅과 가까운 거리를 스쳐 지나갈 때 두 사람의 눈이 마주쳤다.

　강창구는 날카롭게 태웅을 한 번 쏘아본 후 다시 고개를 돌렸다.

'자식, 눈빛 한번 사납네.'

태웅은 그의 뒷모습을 바라보며 피식 웃고는 메뉴창을 소환했다.

미션 성공으로 라이프 포인트가 넉넉하게 쌓인 이상 한시라도 빨리 자신의 능력을 회복해야 했다.

'앞으로 일일이 대본 외우느라 시간 낭비하는 것도 못할 짓이지.'

그는 상점 메뉴로 들어가 아까 눈여겨본 라이더 베스의 능력 '미친 암기력'을 선택했다.

[스킬: 미친 암기력'을 구매하는 데 10의 라이프 포인트가 소모됩니다. 구입하시겠습니까?]

'구입!'

망설임 없이 구매하자 그의 눈앞에 환한 빛이 번쩍였다.

온몸이 파르르 떨리면서 알 수 없는 서늘한 기분이 머릿속을 시원하게 휘저었다.

주변 사물과 사람들이 명료하게 보이고 눈빛까지 번뜩이는 것이 느껴졌다.

'효과 죽이네.'

마침내 그는 되찾았다.

한때 '할리우드의 암기왕'이라고 불리던 미친 기억력을.

*   *   *

촬영이 끝나고 박홍구가 술 한잔하자고 했지만, 태웅은 몸 상태가 아직 완전치 않다며 거절했다.

"대신 밥이나 먹자. 내가 첫 촬영 기념으로 쏠게."

"이야, 짠돌이 김태웅이 웬일이냐? 근데 됐어, 인마. 환자한 테 어떻게 받아먹냐? 이 형님이 몸보신시켜 줄게."

태웅은 피식 웃었다.

역시나 정이 많은 친구였다.

문득 그는 라이더 베스 시절이 떠올라 씁쓸한 기분이 들었다.

최고의 슈퍼스타이자 대배우였지만 그에게는 제대로 된 친구가 없었다.

그나마 늘 곁에서 잡일을 처리해 주는 엘런이 있었지만, 언제부터인가 사이가 소원해져 버렸다.

오랜만에 느껴보는 친구라는 존재가 그로서는 반가우면서도 낯설었다.

둘은 삼계탕 집으로 가서 회포를 풀었다.

"살아나서 다행이다. 액션스쿨 사람들 다 병문안 갔었는데 다들 고개를 젓더라. 의사도 가망 없다고 했고."

'그렇게 심각했나?'

태웅은 사고 당시의 기억을 떠올리려 했지만 군데군데 안개가 낀 듯 흐릿했다.

대략적인 정황만 기억할 수 있을 정도였다.

"도대체 어떻게 된 거냐? 너 다칠 때 말이야. 여기저기 수소문해서 들은 걸로는 임 감독 그 씨발 새끼 조지기엔 부족해."

"그게 나도 확실히는 기억이 안 나. 그냥 그 인간이 계속 마음에 안 든다고 다시 찍다가 사고가 났지. 아마 갑자기 브레이크가 안 들은 걸로 기억해."

영화 촬영은 전쟁이나 마찬가지다.

그렇기에 안전에 만반을 기하더라도 사고는 언제든 날 수 있다.

문제는 그렇게 위험한 스턴트를 무리해서 반복시켜 사고를 나게 하고 책임을 지지 않았다는 점이다.

잘못에 대한 인정과 피해자인 태웅에 대한 사과나 보상도 제대로 이루어지지 않았다.

그리고 영화는 예정대로 개봉하여 흥행에 성공했고, 감독은 승승장구하며 부귀영화를 누리고 있다.

"깡그리 쓸어버려야겠어. 가만두지 않을 거야."

태웅의 말에 홍구의 얼굴이 어두워졌다.

"정말 미안하다. 액션스쿨 차원에서 단체 행동이라도 했어야 하는데 다들 꼬리를 말아버리지 뭐냐. 진짜 쪽팔려서……."

황소처럼 큰 덩치의 홍구가 어깨를 들썩이고 있다.

태웅은 씨익 웃으며 도리어 마음씨 좋은 친구를 위로했다.

"다 이해한다. 임기환이가 이 바닥에서 힘깨나 쓰잖냐. 마땅히 증거도 없고 현장 스태프들이 입 다물어 버리면 별수 없지."

"태웅아……."

"쓸데없이 자꾸 질질 짜지 말고 밥이나 먹어. 나 바쁜 사람이야."

"고맙다, 자식. 그리고 미안하다. 크흑……."

눈물 콧물 질질 짜면서도 홍구는 허겁지겁 밥을 입에 집어넣었다.

태웅은 삼계탕을 먹으며 어떻게 임기환에게 엿을 먹여야 할지를 골똘히 고민했다.

*　　　　　*　　　　　*

태웅의 몸 상태는 하루가 다르게 회복되어 갔다.

태선이 아침저녁으로 상다리가 부러질 정도로 밥상을 차려 주는 데다 그 스스로도 운동을 빼먹지 않았기 때문이다.

"이렇게까지 차릴 필요 없다니까 그러네."

아침 여덟 시부터 편의점 알바를 나가면서도 빠짐없이 아침상을 차려놓는 태선에게 미안하기 짝이 없었다.

"얼른 건강해지기나 해. 아직도 얼굴이 반쪽이구먼."

퉁명스러운 말투 속에 오빠를 생각하는 마음이 느껴졌다.

"다 회복됐어. 이것 봐. 쌩쌩하지?"

푸시업과 앉았다가 일어나기를 반복하는 태웅을 보며 그녀가 피식 웃었다.

"쇼를 해라, 쇼를 해. 나 나갈 테니까 설거지나 잘해놔."

촬영이 없는 날 오전과 낮은 비는 시간이다.

오후 다섯 시 아르바이트를 가기 전까지 그는 그 시간을 이용해 운동을 했다.

집 근처 공원과 산을 한 바퀴 뛰고 놀이터에서 턱걸이와 윗몸일으키기, 푸시업을 했다.

'빨리 몸을 만들어야 해. 그래야 복수건 뭐건 할 수 있다.'

라이더 베스의 능력을 회복하지 않더라도 원래 태웅은 액션 연기로 다져진 튼튼한 몸이었다.

두 달간 병원에 누워 있느라 삐쩍 말라서 그렇지, 원상태로 돌아온다면 어디 가서 맞고 다니진 않을 몸이었다.

'컨디션만 회복되면 임기환 네놈부터 조진다.'

앞으로는 가급적 조용한 삶을 살고 싶은 바람이지만, 복수만큼은 하지 않을 수 없었다.

그는 한 대 맞으면 열 대로 되갚아주는 성격이었다.

그것도 아주 치밀하고 집요하게.

예전 생에서도 자신의 앞을 가로막는 것들은 닥치는 대로 부수며 나아갔다.

문득 그는 라이더 베스가 사람들에게 어떻게 기억되고 있는지 궁금했다.

인터넷으로 기사를 검색해 보니 이미 사람들의 뇌리에서 사라져 가고 있는 듯했다.

2조가 넘는 거액의 재산은 그가 설립한 재단으로 이관되어 엘런이 관리하고 있을 터이다.

'횡재했군. 하긴 그동안 내 수발을 그렇게 들었으니……'

제3세계 어린이들과 학대받는 동물들을 지원하고 보호하는 목적의 자선 재단으로 그가 생전에 유언을 통해 자신의 재산이 좋은 곳에 쓰이도록 정해둔 것이다.

비록 개인이 함부로 쓸 수 없게 조치를 해놨다고는 하지만, 라이더의 모든 것을 알고 있는 엘런이라면 조금만 손을 쓰면 몇 천 억쯤 빼돌리는 건 일도 아닐 것이다.

지금으로서는 부디 그 충직하고 성실하던 친구가 그러지

않기를 바랄 뿐이었다.

*   *   *

두 번째 촬영일.

이날 태웅의 신은 총 세 개였다.

촬영장으로 들어오며 인사를 하는 그의 눈에 꽤나 자신을 아니꼬운 시선으로 쳐다보는 강창구가 보였다.

'어렵쇼? 오늘은 일찍 왔네? 그런데 눈깔이 왜 저래?'

대놓고 마음에 안 든다는 듯한 표정.

'시비 거는 건가?'

그는 피식 웃었다.

뭣 때문인지는 모르지만 저런 애송이가 덤빈다면 놀아주는 것도 나쁘지 않을 것 같았다.

"태웅 동생, 오늘도 늦지 않고 왔구먼."

지난번에 이어 오늘도 땅딸막한 키에 훌러덩 벗겨진 머리의 오한수가 그를 보고 반갑게 손을 흔들었다.

"반갑네요."

"동생은 늘 시간을 칼같이 지키는구먼. 요즘 걸핏하면 지각하는 배우들이 적지 않은데 말이야. 이렇게 많은 사람들이 기다리고 있는데 늦으면 얼마나 민폐야. 허허허."

그는 곁눈질로 강창구를 가리키며 빙긋 웃었다.

"근데 오늘은 다들 일찍 왔네요?"

태웅은 촬영장 안을 둘러보곤 의외라는 생각이 들었다.

심지어 그 강창구마저도 미리 와서 기다리고 있었다.

"오늘 고강호 선생님 촬영일이잖아. 선생님께서 오시는데 다른 배우들이 늦게 올 순 없지."

아직 촬영 시작 시간이 되지 않았는데도 다들 일찌감치 와서 기다리고 있는 폼이 우스웠다.

고강호.

한국 최고의 원로 배우로 정극과 시트콤, 영화까지 폭넓은 분야에서 활약해 온 연기 경력 47년의 베테랑이다. 또한 유명 대학 연극영화과 교수이자 한국연극배우협회에서 높은 직책을 맡고 있는 간부이기도 했다.

그가 특별히 '청춘은 맛있어!' 드라마에 조리학과 교수 역할로 특별 출연하기로 했는데, 그 촬영일이 오늘이었던 것이다.

"저 아이돌 친구도 오늘만큼은 함부로 날뛰지 못할걸. 아주 재미있게 됐어."

말을 마치기도 전에 그의 시선이 다른 곳을 향했다.

시선을 따라가니 중후하면서도 인자함이 넘쳐흐르는 노인 하나가 촬영장으로 들어오고 있었다.

165센티미터 정도의 작은 키에 백발이 성성한 머리, 그리고 다부진 몸집이 인상적인 노신사였다.

"고 선생님, 오셨군요."

김광록 피디가 잽싸게 튀어나가 머리를 조아렸다.

다른 배우들 역시 다가가 머리를 숙이며 저마다 눈도장을 찍으려는 듯 인사했다.

"허허, 잘들 있었냐? 그래, 아직 촬영은 시작 안 했고?"

"선생님이 오셔야 시작하지 않겠습니까? 하하! 그리고 아직 시간도 안 됐고요."

"이 친구, 안 본 사이에 넉살만 늘었네. 허허허."

고강호는 자신에게 다가와 인사를 건네는 배우들과 하나하나 눈을 맞추면서 덕담을 건넸다.

"우리도 가서 인사드리자고. 기왕이면 눈도장 찍어두는 게 좋잖아?"

그의 말에 태웅은 속으로 피식 웃었다.

'쓸데없는 짓들을 하는군. 뭐, 한국에서 힘깨나 쓰는 노인네 라면 나쁘게 지낼 필욘 없겠지.'

오한수와 태웅은 고강호에게 가서 머리를 숙였다.

"안녕하세요, 선생님. 오한수입니다. 함께 출연하게 돼서 영광입니다."

"김태웅입니다. 많이 배우겠습니다."

"이 친구는 오늘 처음 보는구먼. 그래, 앞으로 잘해보세."

그다지 정중한 태도는 아니었지만 고강호는 할아버지 같은 자상한 표정으로 태웅의 어깨를 두드려 주었다.

"긴장 많이 했구먼. 힘 풀게. 그러면 연기가 더 안 돼."

뻣뻣한 태도를 보고 젊은 친구가 긴장했다고 생각하는 것 같았다.

"근데 여기 주인공은 어딨나?"

고강호의 말에 곁에서 에스코트하듯 따라다니던 김광록 피디가 눈치를 살피며 촬영장 안쪽으로 시선을 옮겼다.

"저기……."

거의 유일하게 고강호에게 인사를 하지 않은 채 누워 있는 강창구에게 모두의 시선이 향했다.

곧 터질 시한폭탄을 보듯 조마조마한 얼굴이다.

"쯧쯧, 저놈, 강부식이 손자지. 내 진작 알아봤다."

그는 눈살을 찌푸리며 성큼성큼 걸어가더니 강창구 앞에 섰다.

귀에 이어폰을 꽂은 채 노래를 흥얼거리고 있던 강창구가 갑자기 자기 앞에 드리워진 그림자에 인상을 쓰며 위를 올려다봤다.

"…안녕하세요."

자신을 내려다보고 있는 고강호의 존재를 알아차린 그는 고개를 까딱하며 성의 없이 인사했다.

순간 고강호가 들고 있던 두꺼운 대본을 허공으로 들어 올렸다.

'어, 어?'

그 광경에 깜짝 놀란 태웅이 입을 쩍 벌렸다.

*　　　　　*　　　　　*

쾅!

고강호가 갑작스럽게 대본으로 강창구가 발을 올리고 있는 테이블을 내려쳤다.

그 바람에 화들짝 놀란 강창구가 의자에서 일어났다.

"아, 아저씨."

"너 이놈 자식, 누가 촬영장에서 그딴 식으로 굴라고 했어?"

"그게 아니라……."

"네 할아비가 이러는 거 아냐? 할아비 얼굴에 먹칠하고 싶어?"

놀라운 광경이었다.

그 잘난 척하던 강창구가 찍소리도 못하고 고개를 숙이고 있다.

"처신 잘해. 싸가지 없이 구는 손자 때문에 자기 표 한 개라도 빠지면 그놈이 널 그때도 예뻐할 것 같으냐?"

인자하게만 보이던 첫인상과는 달리 화를 내니 호랑이가 따로 없었다.

그 모습을 보며 감탄하고 있는 태웅에게 오한수가 작게 속삭였다.

"강창구 할아버지가 삼원 그룹 회장 강부식인데, 조만간 출마한다는 말이 있다고 해. 그 노인네가 권력욕이 어마어마해서 요즘 집안 식구들이 밖에서 욕 안 먹도록 단속하고 있다더라고."

도대체 이 인간 정체가 뭐야?

태웅은 오한수를 의아한 눈으로 쳐다보았다.

전에도 느꼈지만 파파라치 뺨치는 정보통인 것 같았다.

귀에 꽂은 이어폰도 빼고 얌전해진 강창구를 보며 촬영장에 나온 모든 배우와 스태프들이 통쾌함을 느꼈다.

현장에 나오기 싫었지만 고강호가 특별 출연한다는 말에 어쩔 수 없이 나온 유성미 작가조차 함박웃음을 숨기지 않았다.

"소란 피워서 미안하네."

다시 점잖은 노신사로 돌아온 고강호가 피디에게 한쪽 눈을 찡긋하곤 대기실로 들어갔다.

'재밌는 노인네야.'

강창구가 고양이 앞의 쥐 꼴이 된 걸 보니 내심 통쾌하기 그지없었다.

오늘 촬영은 덜 불쾌하게 할 수 있을 것 같았다.

"다들 움직입시다."

김광록 피디의 말에 촬영장이 분주하게 돌아가기 시작했다.

강창구의 요청에 의해 특별히 그의 촬영 순서를 앞으로 빼려고 했으나 고강호의 등장으로 일정이 바뀌었다.

또다시 불호령을 들을 것을 두려워한 강창구가 다시 촬영 순서를 원래대로 해달라고 한 것이다.

태웅은 그 모습들을 보며 의아한 생각이 들었다.

'왜 저렇게 오줌을 질질 싸지? 삼원 그룹 회장 손자면 배우 한 명에게 저렇게 절절맬 필요 없지 않나?'

사실 그 생각이 틀린 건 아니었다.

강창구는 인기 절정의 아이돌 그룹 ROD의 핵심 멤버이자 최고의 인기를 구가 중인 떠오르는 스타이다.

게다가 재계의 거물 강부식이 아끼는 손자이기도 했다.

하지만 할아버지와 친한 국민 배우 고강호는 어릴 때부터 그에게는 호랑이와 같은 존재였다.

일찍이 경망스럽고 싸가지 없는 강창구의 성정을 알아본 고강호는 그를 늘 엄격하게 대했다.

때문에 강창구는 지금도 그 앞에서는 기를 펴지 못하는 것이다.

'두고 봐. 망할 영감탱이. 언제까지 나한테 그럴 수 있는지.'

물론 계속 당하기만 할 리 없었다.

원한을 쌓아두고 언제든 기회가 오면 몇 배로 되돌려 줄 생각을 하고 있는 그였다.

*   *   *

"태웅 씨, 다음 신 들어가니까 준비해요."

"네!"

FD의 말에 태웅은 다시 한번 촬영장 거울에 비친 자신의 옷매무새를 점검했다.

아무리 간단한 촬영이라고 해도 겉모습만큼은 배역에 맞도록 완벽하게 유지해야 한다는 것이 그의 철학이었다.

이번 신은 주인공 패거리가 다니고 있는 조리학과 실습실에서의 에피소드였다.

동기 중 하나가 불을 잘못 다뤄 난리가 나는데, 이에 놀란 황갈이 물 한 바가지를 끼얹어 더 크게 번지는 내용이었다.

'젠장, 하필이면 불이라니……'

불붙은 오토바이 신으로 인해 생사를 오갔던 그에게 있어

불이 등장하는 촬영은 쉬운 일이 아니었다.

자신에게 불에 대한 공포가 각인되어 있지 않을까 하는 걱정이 들었다.

['청춘은 맛있어!' 두 번째 촬영이 시작됩니다.]

[오늘의 미션: 원로 배우 고강호에게 연기력으로 강렬한 인상을 주세요.]

'에잇! 이건 또 뭐야?'

오랜만에 들려오는 기계음에 그는 멍해져 버렸다.

갑자기 미션이 뜬 것도 그렇지만, 그 내용이 너무 어이가 없었던 것이다.

NG를 내지 말라거나 오디션에 합격하라는 것이 아니라 원로 배우에게 강렬한 인상을 주라니?

애매하기 짝이 없는 미션이었다.

저 노인네한테 잘 보여서 뭘 어쩌란 말인가?

'기회가 되면 이 빌어먹을 시스템이란 것부터 파헤쳐 봐야겠어. 도대체 종잡을 수가 없단 말이야.'

지금 남은 라이프 포인트는 60.

두 달의 여유가 있긴 하지만 가급적이면 많은 포인트를 모아두는 편이 안전했다.

미션이란 게 언제 생길지 모르고, 만약 포인트가 남아돈다면 상점을 이용하면 되니까.

그는 다음번 구매할 스킬로 점찍어두고 있는 것이 있었다.

〈스킬: 미친 지구력〉

엄청난 체력을 보유하게 되어 좀처럼 지치지 않습니다. 가히 마라토너에 버금가는 놀라운 지구력과 끈기를 가지게 됩니다.

라이프 포인트를 30이나 소모하긴 했지만, 아직도 몸 상태가 완전하지 않은 그에게는 꼭 필요한 능력이었다.

라이더 베스일 때 그는 정말로 무한 체력에 가까웠다.

36세로 죽을 때까지 많지 않은 나이에 영화 28편이라는 필모그래피를 쌓을 수 있던 바탕에는 지치지 않는 무시무시한 체력이 있었다.

마라톤과 철인 3종 경기를 밥 먹듯이 할 정도로 즐겨 했으니까 말이다.

한동안 아르바이트와 배우 생활을 병행해야 했고, 몸도 다시 만들어야 했으며, 임기환 감독에 대한 복수도 진행해야 했다.

그러기 위해서는 강한 체력이 필수였다.

'그런데 저 할배를 어떻게 뻑 가게 만든다?'

연기라는 것은 절대적이기도 하지만 상대적이기도 하다.

누구에게는 환상적인 연기가 누구에게는 형편없는 오버 액션일 수 있었다.

'사람도 취향도 모르니 운에 맡기는 수밖에 없겠군.'

가장 가능성이 높은 것은 누구에게나 먹히는 보편적이고 강렬한 연기를 하는 것이다.

오늘 촬영분에서 그가 등장하는 세 신 중 그런 연기를 할 수 있는 신은 단 하나.

바로 마지막에 찍는 신 59.

최고의 재료를 알아볼 수 있는 통찰력을 기르기 위해 사이비 종교에 입교하는 장면이었다.

S# 59 사이비 교단 '오락가락'의 소예배실

어두컴컴한 붉은 조명 아래 교단의 사대호법 중 하나인 '주작'과 단둘이 마주 앉은 황갈.

엄숙하고 진지한 주작의 분위기에 잔뜩 주눅 든 표정이다.

주작: 이것은 우리 교주님의 가르침 중 하나인 관심법입니다.

황갈: (조심스럽게) 관심법이요?

주작: (고개를 끄덕이며 손을 모으는)

황갈: 그게 뭔가요?

주작: 세상 만물의 본질을 꿰뚫어 볼 수 있는 통찰력을 기르는 것이지요. 이것만 배운다면 참과 거짓, 고귀한 것과 비천한 것을 알아볼 수 있습니다.

황갈: (진지하게 결심한 듯) 꼭 배우고 싶습니다. 배워서 세계 최고의 요리사가 되고 싶어요.

주작: 목적이 확실하시군요. 허허허. 시주님의 마음이 그러하시다면… 시작하시지요.

이미 다 외우긴 했지만 태웅은 다시 한번 대본을 읽어보았다.

이후 주작은 통찰력을 기르는 방법이라며 종이컵 세 개를 꺼내 야바위를 하고 황갈에게 실제로 돈을 걸게 한다.

돈을 잃어가면서 황갈은 점점 자제력을 잃고 결국 폭발하여 주작을 두들겨 팬 후 돈을 찾아 소예배실을 빠져나오게 된다.

나가려는 그의 앞을 막아서는 광신도들을 상대로 평소 휴대하고 다니던 식칼을 꺼내는데 광신도라고 해도 차마 살생은 할 수 없다는 각오에 그는 식칼을 반대로 잡는다.

자신에게 달려드는 수십 명의 광신도를 칼등으로 때려눕히고 그는 교단을 빠져나오게 된다.

소예배실에서 바깥으로 원테이크로 이어지는, 실질적으로

두 컷에 가까운 긴 신이다.

'다시 봐도 참… 뭐 이런 막장 대본이 다 있어?'

할리우드 B급 무비에서도 보기 어려운 막장 전개였다.

태웅이 맡은 황갈 역할이 급조된 개그 캐릭터이다 보니 대본상에서도 이렇게 무리수를 둘 수밖에 없던 것이다.

갑자기 격투가 벌어지는 것도 황당하고, 평소에 식칼을 휴대하고 다녔다는 설정도 뜬금없었다.

'일단 이번 신부터 잘 소화하고 생각해 보자.'

그는 심호흡을 하고 촬영장으로 향했다.

*　　　　*　　　　*

"아무래도 불을 다루는 거라 위험할 수도 있으니까 조심들 해요. 다치지들 않게."

김광록 피디가 출연자들에게 주의를 주었다.

미리 스태프 두 명이 가까운 곳에서 소화기를 들고 대비하고 있긴 하지만 안전 문제는 아무리 강조해도 부족하지 않았다.

"그럼 찍겠습니다. 다들 모여주세요."

웅성거리는 소리, 카메라 돌아가는 소리와 함께 태웅의 첫 번째 신 촬영이 시작되었다.

드라마 '청춘은 맛있어!' 2화 신 15.

조리학과 실습 도중 동기가 프라이팬으로 튀김을 하다가 기름에 불이 붙고, 이를 본 황갈이 놀라서 대야에 물을 담아 끼얹었다가 불이 더 번지는 장면이었다.

이때 멋지게 등장한 여주인공 방현아가 소화기를 들고 실습실 안을 휘젓고 다니며 불을 끈다.

그 탓에 조리학과 학생들은 흰 소화 가루를 뒤집어쓰고, 불이 났다는 소식에 허겁지겁 달려온 다른 학과 학생들은 튀김 가루를 뒤집어쓴 닭 같은 행색을 하고 있는 그들을 보고 바닥을 데굴데굴 구르며 웃는다.

황갈의 겁 많은 성격과 여주인공 방현아의 무작정 돌진하는 성격을 드러내는 신으로, 드라마 내에서는 두 인물이 처음 만나는 시점이기도 하다.

'저 여자가 방현아 역할이군.'

일반인처럼 자연스럽고 톡톡 튀는 매력으로 주가가 한창 오르고 있는 스물세 살의 여배우 나진영이 소화기를 매만지며 대사를 연습하고 있는 모습이 보였다.

아직 외우지를 못한 건지 숙지를 못한 건지 그녀는 자꾸만 고개를 갸웃거리며 대사를 반복했다.

그녀는 본래 아이돌 연습생 출신으로 데뷔를 못해서 소속사에서 드라마 조연으로 꽂았는데, 갑자기 빵 터져서 아예 연기자로 전향한 케이스였다.

그래서인지 아직 연기력은 걸음마 수준이었다.

'아무리 인기가 있어도 그렇지, 남녀 주인공을 배우가 아닌 애들로 쓰다니……'

할리우드에서는 상상도 할 수 없는 일까진 아니지만 어쨌든 좋은 방식은 아니다.

자기도 이런 생각이 드는데 다른 배우들은 얼마나 속이 터질지 상상이 됐다.

"진영 씨, 아직 멀었어?"

피디의 외침에 깜짝 놀란 그녀가 눈을 토끼처럼 동그랗게 뜨며 말했다.

"이제 준비 다 됐어요!"

"오케이! 그럼 찍어봅시다!"

아직 때가 덜 묻은 듯 순진해 보이는 그녀의 모습에 태웅은 저절로 웃음이 났다.

물론 워낙 험난한 연예계 바닥이니 성격 버리는 건 순식간일 것이다.

착하고 순수해서는 버틸 수 없는 곳이기도 하니까 말이다.

'게다가 상대 남자 주인공이 저 싸가지 강창구이니… 도중에 관두지나 말아야 할 텐데.'

촬영이 시작되었다.

어리바리한 동기 이진철 역할을 맡은 배우 김현수가 기름이 찰랑거리는 프라이팬을 들고 깐죽거리다 불이 나자 당황하는 연기를 펼쳤다.

"어어어! 큰일 났다! 불이야!"

기름에 불이 붙는 특수 효과가 멋들어지게 펼쳐지자, 태웅은 절로 등줄기에 소름이 돋았다.

사고를 당할 때의 기억 때문일까?

눈앞이 어질어질하고 호흡마저 가빠 왔다.

'제길! 이따위 트라우마에게 질쏘냐!'

김태웅의 원래 성격이라면 여기서 더 이상 촬영을 못하고 주저앉을 것이다.

하지만 그 안에 깃든 세계 최고의 톱스타이자 대배우 라이더 베스의 강인함은 좌절과 두려움으로 무너지는 자신을 용납하지 않았다.

"흐아아아아아아!"

태웅은 엄습해 오는 불안과 공포를 절규로 분출하며 벌벌 떨리는 손으로 양동이에 물을 가득 담았다.

그리곤 42.195킬로미터를 달리고 결승점에 도착한 마라톤

선수처럼 헉헉거리며 불붙은 프라이팬을 향해 달렸다.

"으라차차차차!"

양동이 안에 든 물을 프라이팬에 끼얹자 번쩍하며 불꽃이 더욱 크게 일어났다.

"뭐, 뭐야! 왜 안 꺼지는 거야!"

바들바들 떨며 비명을 지르는 태웅의 연기에 지켜보던 배우와 스태프들이 감탄을 금치 못했다.

'진짜 끝내준다! 어떻게 저렇게 연기가 실감 나지?'

실제로 불 공포증이 있으니 실감이 날 수밖에 없는 것이었지만.

잠시 멍해 그 모습을 지켜보던 여주인공 방현아 역할의 나진영은 손에 들고 있는 소화기를 깨닫고는 퍼뜩 정신이 들었다.

'내 정신 좀 봐. 이러고 있을 때가 아니지.'

그녀는 소화기 호스를 뽑아 들고 우왕좌왕하고 있는 조리실 안의 다른 배우들을 향해 마구 휘둘렀다.

소화기에서 나오는 흰색 소화 가루가 고교 졸업식 날 밀가루 환송식을 할 때처럼 사방을 자욱하게 메웠다.

곳곳에서 기침 소리와 괴로운 신음 소리가 터져 나왔지만 그녀는 아랑곳하지 않고 미친년처럼 눈을 희번덕거리며 소리쳤다.

"다들 정신 차려! 빨리 불부터 끄란 말이야!"

*   *   *

조리실 신 촬영이 끝난 후 김광록 피디는 태웅과 진영을 불러 박수를 쳤다.

"아주 멋진 연기였어! 계속 그렇게만 해줘! 알았지?"

유성미 작가 역시 옆에서 흐뭇한 미소를 짓고 있었다.

그녀로서는 억지로 짜서 만든 신이었는데 도리어 멋진 그림이 나왔으니 기쁘지 않을 수 없었던 것이다.

"그런데 태웅 씨는 어쩜 그리 연기가 실감나지? 진짜 불 공포증 같은 게 있는 거 아냐? 하하하하!"

'웃기냐?'

속도 모르고 껄껄대는 피디를 보며 태웅은 어처구니가 없었다.

그 역시 태웅이 임기환 감독의 영화에서 사고를 당한 스턴트맨이라는 사실은 전혀 모르고 있었다.

하긴 홍구의 말에 따르면 영화 관계자들도 잘 모른다고 하니 드라마 판의 피디가 알 리가 없다.

임기환과 영화사 측이 얼마나 사건을 완벽하게 묻어버렸으면 이럴까?

'그런데 왜 미션 달성 메시지가 안 뜨지?'

의아해진 태웅은 촬영장 한쪽에 서 있는 고강호에게 시선을 던졌다.

팔짱을 낀 채 카메라 쪽을 주시하고 있는 것으로 보아 그의 연기를 보지 못한 것은 아닌 듯싶었다.

'뭐야? 이 정도로는 안 된다는 건가?'

제법 만족할 만한 연기였는데도 저 원로 배우에게 강렬한 인상을 심어주기엔 부족했다는 뜻이다.

그렇다면 역시 마지막 신에 모든 것을 걸 수밖에 없었다.

'까다로운 노인네군. 감히 이 몸의 연기를 보고도 놀라지 않다니.'

은근히 가슴속에서 호승심이 꾸물꾸물 고개를 들었다.

라이더 베스.

그가 제대로 하기로 마음먹으면 그 누구도 그의 연기에서 시선을 떼지 못했다.

날 때부터 주어진 재능에 자신감과 노력까지 더해 완성한 대배우의 미친 흡입력.

아직 그 능력을 회복하기까지는 꽤 시간이 걸릴 것 같았다.

*　　　　*　　　　*

친구들과 함께 모여 수다를 떠는 두 번째 신의 촬영이 끝나고 잠깐의 휴식 후 태웅은 마음의 준비를 했다.

마침내 세 번째 신.

고강호에게 큰 임팩트를 줄 수 있는 촬영이 닥쳐왔다.

'미션 실패하면 분명 페널티가 있겠지?'

지금까지의 경험으로 보면 미션을 달성하면 꽤 큰 보상이 주어졌다.

반대로 생각하면 실패할 경우 꽤 큰 폭의 페널티가 있을 터이다.

라이프 포인트가 왕창 깎인다거나 능력을 잃을 수도 있었다.

하지만 그는 실패한다는 생각은 조금도 하고 있지 않았다.

"자, 이번 신은 정말 까다로운 장면이야. 태웅 씨가 메인이니까 잘해줘야 돼."

"열심히 해볼게요!"

자신 있게 대답했지만 사실 이 신은 촬영하기 정말 짜증났다.

일단 극의 흐름과 별로 상관이 없는 뜬금없이 들어간 신인 것이다.

애당초 그가 맡은 황갈 캐릭터 자체가 급조된 마당에 무리한 개그 신을 넣으려고 하다 보니 극의 흐름을 깨는 전개가 이어졌다.

'이 드라마가 뜨는 방법은 병맛밖에 없겠다.'

어차피 개판으로 가는 바에야 아예 막장으로 가버리는 게 좋다.

운 좋으면 약 빤 작품이라는 소리를 듣고 이슈가 될 수도 있었다.

화제성으로 부족한 완성도를 덮어 시청률이 잘 나온 작품도 적지 않았으니까.

미리 다른 배우들과 간단하게 액션 합을 맞춰본 후 촬영이 시작되었다.

*　　　　*　　　　*

사이비 교단 '오락가락'의 호법 주작에게 통찰력을 높여준다는 관심법을 배우던 황갈.

수련법이 야바위인데 주사위가 숨은 종이컵을 못 찾아서 돈을 자꾸만 잃는다.

마침내 그는 폭발하고 만다.

"야, 너 나한테 사기 치는 거지? 어디서 이런 꾼을 데려와 가지고……."

황갈이 주작에게서 잃은 돈을 빼앗은 후 방을 나가는데 이미 수많은 사이비 교도들이 소예배실을 둘러싸고 있다.

"그놈 잡아라! 나를 때리고 돈까지 빼앗아서 달아났다!"

주작의 말에 교도들이 일제히 황갈에게 다가온다.

"나, 난 그런 적 없어요. 저 사람이 나한테 사기를 쳐서……."

갑자기 말을 멈춘 황갈이 뭔가를 떠올린다.

"그러고 보니 손해는 내가 봤는데 왜 해명을 해야 하지? 어차피 이 자식들도 다 한패일 텐데……."

그의 눈빛이 바뀌며 전투 모드로 돌입했다.

가방에서 언제나 휴대하고 다니는 큰 식칼 두 개를 꺼내자 광신도들이 술렁거렸다.

"들어와 봐. 죽고 싶으면."

말과는 달리 그는 양손에 하나씩 쥐고 있던 식칼의 날을 반대로 잡았다.

"죽어라!"

덤벼드는 광신도들을 상대로 그는 양손을 광전사처럼 휘두르며 칼등으로 목덜미를 찍었다.

영화 '300'의 스파르타 전사들과 같은 현란한 움직임.

스턴트맨 출신인 그에게 있어 그 정도의 액션 연기는 일도 아니었다.

지켜보던 스태프들과 배우들이 탄성을 질렀다.

'무슨 액션을 저렇게 잘해? 무술이라도 배웠나?'

난생처음 눈앞에서 화려한 액션 연기를 보는 나진영의 얼굴이 놀라움으로 가득했다.

그러거나 말거나 태웅은 혼신의 힘을 다해 연기에 집중하고 있었다.

마치 고대의 무사가 환생한 듯한 몸놀림이 촬영장 한복판을 수놓았다.

 *   *   *

원로 배우 고강호는 태웅의 신을 보며 눈을 떼지 못하고 있었다.

처음에는 이 무슨 어이없는 장면인가 싶었다.

아무리 시트콤에 가까운 드라마라고 해도 이렇게 뜬금없이 막장 액션 신이 나오는 경우는 흔치 않았다.

얼핏 봐도 극 전체는 물론 작가 멘탈까지 무너진 초반이었다.

그런데 저 신인 배우가 완벽에 가깝게 소화해 내고 있었다.

대본이 엉망이면 아무리 명배우라고 해도 연기가 엉망이 된다.

그런데 태웅의 연기는 저 황당한 신을 강렬한 명장면으로 만들어주고 있었다.

극의 전체적인 분위기가 유쾌하고 트렌디한 만큼 적절한 B급

감성을 부여하는 신이 될 수도 있는 것이다.

게다가 저 예사롭지 않은 액션 연기 퀄리티는…….

"컷!"

피디의 외침과 함께 촬영이 끝났다.

"태웅 씨, 예전에 무슨 쿵푸라도 한 거야? 아주 대박인데?"

태웅의 연기에 만족한 피디가 너털웃음을 터뜨렸다.

솔직히 작가에게 처음 수정된 대본을 받고는 정신이 멍해졌다.

갑자기 드라마 스케일이 커지면서 여기저기에서 시달려 스트레스를 받은 작가가 실성했나 싶을 정도였다.

그런데 황당무계하기 이를 데 없던 신이 도리어 멋진 액션 신으로 거듭나 버렸다.

"예전에 스턴트맨 생활을 했다고 말씀드렸는데……."

"참, 그랬지? 내 정신 좀 봐. 하하하! 어쨌든 이거 태웅 씨가 이렇게 잘해주면 앞으로 걱정이 확 줄겠어. 계속 잘 부탁해."

부담스러울 정도로 자신을 추켜세우는 피디를 보며 태웅은 속으로 회심의 미소를 지었다.

"자네 이름이 뭐라고 했지?"

태웅은 옆에서 들려오는 중후한 목소리에 고개를 돌렸다.

고강호가 자신을 바라보며 은근한 미소를 짓고 있었다.

"김태웅입니다."

"김태웅이… 연기 잘 봤어. 앞으로 아주 훌륭한 배우가 되겠는데?"

"감사합니다!"

"열심히 해봐. 지금은 작은 역할이라도 하면서 비중이 커지기도 하니까. 자네, 소속사는 있고?"

"아직 없습니다."

"그래? 그럼 나중에 나랑 밥이나 한 끼 하지. 언제 한번 학교로 찾아와."

이번에는 그의 마음을 제대로 사로잡은 것 같았다.

예의 바른 청년을 연기하고 있던 태웅은 어디선가 따가운 시선이 날아오는 것이 느껴져 주위를 살폈다.

고강호의 등 너머 촬영장 한구석에서 팔짱을 낀 채 자신을 뚫어져라 보고 있는 강창구의 모습이 눈에 들어왔다.

'저 자식, 기분 나쁘게 왜 꼬나봐?'

아무래도 얽히면 귀찮아질 상대였다.

대수롭지 않게 시선을 거둔 그의 귓가에 이제는 익숙해진 기계음이 들려왔다.

[오늘의 미션: '원로 배우 고강호에게 강렬한 인상을 줘라!'를 달성하였습니다.]

[라이프 포인트 30이 주어집니다.]

'오오!'

또다시 한 달분의 유예 기간을 얻었다.

[외모 커스터마이징 메뉴가 개방됩니다.]
[라이프 포인트를 소모해 외모를 업그레이드할 수 있습니다.]
[외모 업그레이드 상한선은 100퍼센트, 기준은 라이더 베스입니다.]

추가로 들려오는 메시지에 그는 지체 없이 메뉴창을 소환했다.

새로 생긴 외모 카테고리로 들어가니 정말로 업그레이드가 가능했다.

다만 특정 부위를 업그레이드하는 방식이 아니라 포인트를 소모해 퍼센트를 올리는 방식이었다.

100퍼센트가 되면 라이더 베스의 전성기 외모를 되찾는다는 안내문이 보였다.

'100퍼센트라… 너무 과하게 잘생겨질 텐데 말이지.'

전생에서 그는 지나치게 아름다운 외모로 인해 연기력이 저평가되는 일이 잦았다.

대스타가 되고 난 후 일부러 외모를 망가뜨리고 예술 영화에 출연해 아카데미상과 오스카상, 칸 영화제 남우주연상 등을 휩쓸고 나서야 연기력을 인정받을 수 있었다.

'급하게 업그레이드시킬 필욘 없겠다. 너무 잘생겨지면 그만큼 피곤해지기도 하니까.'

라이더 베스는 엄마 배 속에서 이목구비가 생성된 후부터 못생긴 적이 단 한 번도 없었다.

신생아인 그를 받은 산부인과 의사와 간호사조차 놀랄 정도로 피와 탯줄로 뒤덮인 갓난아이의 얼굴은 아름다웠다.

성장 과정에서 언제나 지나칠 정도의 관심을 받았고, 그에게 반한 여자들의 과도한 애정 공세로 인해 지치기도 했다.

그래서 이번 생은 아예 연기파 배우로 가는 것도 나쁘지 않았다.

하지만 기왕 메뉴가 새로 생긴 김에 그는 10퍼센트 정도만 외모 업그레이드를 하기로 했다.

주변의 시선을 의식해 화장실로 향한 그는 아무도 없는 것을 확인하곤 거울 앞에 서서 자신의 모습을 바라보았다.

[외모를 10퍼센트 업그레이드합니다.]
[총 20의 라이프 포인트가 소모됩니다.]
[업그레이드하시겠습니까?]

'업그레이드!'

그와 동시에 눈앞이 번쩍이며 얼굴을 포함한 온몸이 뒤틀렸다.

"으윽……."

고통에 절로 신음이 흘러나왔다.

얼굴의 뼈가 두둑 소리를 내며 이동하고 정강이 쪽에서 찢어질 듯한 아픔이 느껴졌다.

허리가 똑바로 펴지고 어깨 골격이 활짝 펴지며 넓어지는 느낌이 왔다.

"휴우……."

거칠게 숨을 몰아쉬며 그는 정면의 거울을 보았다.

둥글넓적한 얼굴형은 한결 샤프해져서 턱선이 제법 드러나고 있었고, 불룩 튀어나온 광대뼈도 살짝 들어갔다.

작은 눈은 쌍꺼풀까지 생기진 않았지만 조금 커졌고, 콧날도 제법 봉긋하게 다듬어진 느낌이다.

게다가 크게 티는 안 나지만 키도 커지고 전체적인 골격도 조금 커졌다.

묘한 것은 바로 분위기.

평범하고 밋밋한 인상이었는데 뭔가 사람의 시선을 잡아끄는 특유의 분위기가 은근히 배어나오는 얼굴이었다.

정말로 외모 업그레이드가 되었다는 사실에 그는 놀랍기도 하고 궁금하기도 했다.

'도대체 이 시스템이란 건 뭘까?'

실제 외모까지 바뀌게 하다니…….

그는 메뉴창에 있는 '기억 복원' 항목에 관심이 갔다.

라이프 포인트를 소모해 라이더 베스의 잊힌 기억을 개방할 수 있는 기능.

그는 시스템에 대한 단서가 예전 기억에 숨어 있을 가능성을 생각해 보았다.

잠시 갈등하던 그가 기억 개방을 하려는 찰나, 화장실 안으로 누군가가 들어왔다.

'으잉? 하필이면…….'

강창구였다.

그는 거울 앞에 멍하니 서 있는 태웅을 보곤 눈을 치켜뜨고 노려보기 시작했다.

어딘지 모르게 찜찜한 기분에 태웅은 손을 대충 씻는 척하곤 그를 지나쳐 문으로 향했다.

막 나가려는데 떨떠름한 목소리가 붙들었다.

"김태웅이라고 했던가?"

"네?"

"연기를 무슨 삼류 액션 영화같이 하던데, 여긴 드라마 찍는 덴 거 알지?"

껄렁한 말투에 태웅은 고개를 갸웃했다.

'이 자식, 시비 거는 건가?'

이런 데서 괜히 트러블 생기면 피곤하다.

태웅은 그에게 피식 웃어 보이곤 다시 갈 길을 가려 했다.

"어이, 사람이 충고를 해주면 들어야지 그냥 쌩을 까?"

가뜩이나 사람들 앞에서 고강호 때문에 개망신을 당해 기분이 좋지 않은 강창구였다.

고강호에게 칭찬받는 태웅을 본 순간 속이 뒤틀려 자제가 되지 않았다.

이럴 때는 그의 성격상 반드시 모욕감을 줘야 직성이 풀렸다.

"충고?"

태웅은 뒤돌아서서 시비를 거는 상대의 사나운 눈빛을 맞받았다.

키가 183센티미터인 강창구이다 보니 올려다봐야 했지만 기세에서는 조금도 밀리지 않았다.

"그래. 내가 아이돌이지만 연기는 좀 하거든. 작품도 한두 번 출연했으니 드라마 선배기도 하고. 영감탱이한테 칭찬 좀 들었다고 내 눈앞에서 콧대 세우고 다니면 곤란해. 알아들었지?"

"흐음……."

태웅은 순간 고민에 빠졌다.

명백한 시비이니 원래 그의 성격이라면 대응을 하는 게 맞았다.

하지만 이 녀석은 인기 절정의 아이돌인 데다 한국 최고의 대기업 삼원 그룹 회장의 손자이기도 했다.

드라마 스폰서를 하는 대형 기획사 소속 연예인이기도 하고 말이다.

여러모로 생각할 게 많아지니 골치가 아팠다.

"뭘 꼬나 봐? 대답 안 해?"

상대가 누구든 안하무인이었지만 그래도 약아빠진 강창구는 자신의 우위를 철저히 즐기고 있었다.

스턴트맨 출신에 쥐뿔도 없는 조연 배우이다.

나이까지도 비슷한 또래이다.

그런 태웅이 피디와 작가, 고강호에게까지 주목받는 것을 그냥 두고 볼 수는 없었다.

"역시 안 되겠다. 이것저것 따지는 건 너무 피곤해."

나지막이 중얼거리는 태웅의 목소리에 강창구가 미간을 좁혔다.

"뭐라는 거야? 알겠냐고 물었잖아? 이 새끼가……."

순간 번개같이 움직인 태웅이 강창구의 멱살을 틀어쥐었다.

"뭐, 뭐 하는 거야? 너 내가 누군지 알아?"

갑작스러운 행동에 당황한 강창구가 뒷걸음질 쳤다.

그의 목덜미를 다른 한 손으로 붙잡은 태웅이 그대로 팔에 힘을 주었다.

"으아아악!"

허공에 들린 강창구의 몸이 화장실 안으로 향했다.

마르긴 했지만 큰 체구인 그가 자기보다 10센티미터는 작은 태웅에게 붙잡혀 버둥거렸다.

"이거 안 내려놔? 미친놈아, 너 같은 건 할아버지한테 갈 것도 없어! 내 팬들한테 저격하라고 하면……."

순간 번뜩이는 태웅의 눈을 바라본 그는 자신도 모르게 말을 멈췄다.

"거 애새끼, 더럽게 시끄럽네."

첨벙!

아름다운 곡선을 그리며 강창구의 머리가 그대로 화장실 변기에 처박혔다.

다행인 것은 물이 가득 찬 수세식 변기였다는 점뿐이다.

"우웨에에엑!"

괴상한 소리와 함께 토악질을 하는 아이돌 스타를 내려다보며 태웅은 늘어지게 하품을 했다.

'역시나 깝죽대는 놈은 조져야 제맛이지.'

                    *   *   *

  점차 마무리되어 가던 촬영장이 한 사건으로 인해 한바탕
뒤집어졌다.

  흠뻑 젖은 얼굴로 씩씩거리며 촬영장으로 돌아온 강창구가
매니저를 대동하고 김광록 피디에게 달려갔다.

  어찌나 성이 났는지 그의 고함 소리에 순식간에 촬영장이
시끄러워졌다.

  "저 새끼가 나를 화장실 변기에 처박았다고요!"

  조용히 현장을 지켜보고 있는 태웅을 손가락으로 가리키며
강창구는 좀처럼 흥분을 가라앉히지 못했다.

  "창구 씨, 진정하고 좀 천천히 얘기해 봐요. 뭐가 어떻게 됐
다고요?"

  "그러니까 저 존만이가 화장실에서 나한테 시비를 걸었다니
까요."

  그의 말을 들으며 태웅은 혀를 찼다.

  '변기 물을 좀 더 먹여줄 걸 그랬나?'

  나름 임기응변에 뛰어난 피디였지만 그 역시도 지금의 상황
에서는 쩔쩔맬 뿐이다.

  "아니, 태웅 씨가 왜 창구 씨에게……."

"나도 졸라 황당하다니까! 저 새끼, 당장 잘라 버려요! 지금 당장 자르라고요!"

그는 주위 시선은 신경도 쓰지 않은 채 악을 쓰고 있었다.

"창구, 네 이놈!"

고강호가 벼락같은 목소리로 호통을 쳤다.

순식간에 모든 사람들의 시선이 둘에게 집중됐다.

"꼴이 아주 가관이구나. 무슨 일인지는 모르지만 아무리 억울하고 화가 나도 사람이 알아듣도록 조리 있게 말을 해야 할 것 아니야."

강창구는 잠시 진정하는 듯했으나, 아직도 화를 주체하지 못하고 있었다.

"제가 화장실에 있는데 저 자식이 제 목을 잡고 변기에 처박았다고요! 무슨 말이 더 필요한데요?"

"아무 이유도 없이 그랬다고?"

"그래요! 이유도 없이!"

태웅은 태연하게 거짓말을 하는 그를 보며 어이가 없었다.

'타고난 허언증이구먼.'

세상이 자기 위주로 돌아간다고 생각하는 인간들 중 몇몇에게서 흔히 볼 수 있는 증상이다.

이런 타입의 인간들은 어떤 상황에서도 자기는 잘못한 게 없다며 얼굴빛도 바뀌지 않고 거짓말을 하곤 한다.

"자네 정말 아무 이유도 없이 창구가 말한 그런 짓을 한 건가?"

모든 사람들이 호기심 가득한 눈으로 태웅을 바라보고 있었다.

태웅은 어깨를 한 번 으쓱하곤 고개를 저었다.

"그럴 리가 있습니까? 그냥 어깨가 부딪쳤는데 화장실 바닥이 워낙 미끄러워서 넘어지시더라고요. 어쨌든 접촉이 있었으니 미안하기도 하고 해서 사과까지 했는데, 솔직히 이렇게까지 사람을 나쁜 놈으로 모는 건 좀……."

그 말에 강창구가 발끈하여 소리쳤다.

"야, 이 개새끼야! 어디서 구라를 쳐?"

"어허! 그게 무슨 말버릇이냐!"

강창구는 광분한 듯 고강호의 꾸지람에도 아랑곳하지 않고 고리눈을 뜨고 태웅을 노려보았다.

"저는 더 이상 상대하지 않겠습니다. 여기서 계속 상대하는 건 같은 수준의 사람이 되는 것 같네요."

태웅은 길길이 날뛰는 강창구를 상대로 태연하게 대응했다.

그는 주위가 보이지 않는지 본인의 이미지 깎아 먹는 짓을 계속하고 있었다.

'이쯤에서 진정이 되어야 할 텐데.'

고강호는 극도로 화가 난 듯 말이 없었다.

"아무리 생각해 봐도 그건 좀 말이 안 되는데요?"

극 중에서 어리바리한 조리학과 대학생 이진철 역할을 맡은 김현수가 갑자기 입을 열었다.

다들 입을 닫고 있을 줄 알았는데 뜻밖이었다.

"태웅 씨는 이제 갓 드라마를 찍기 시작한 신인 배우인데 왜 아무런 이유도 없이 주인공에다 아이돌 가수인 창구 씨를 건드리겠어요?"

다들 말은 안 했지만 같은 생각을 하고 있었다.

피디와 작가, 기성 배우들도 꼼짝 못 하고 있는 강창구를 일개 조연 배우인 태웅이 어떻게 건드린단 말인가?

수많은 팬덤에 대형 기획사 ROD, 그리고 굴지의 대기업 삼원 그룹이 뒤에 버티고 있는 강창구이다.

"저도 좀 이상해요. 아무리 생각해도 말이 안 되잖아요. 태웅 씨는 전혀 그럴 사람으로 안 보이는데……."

여주인공 방현아 역의 나진영 역시 거들고 나섰다.

소심하고 조심스러운 성격인 줄 알았는데 의외였다.

"뭐, 뭐가 어째? 이것들이 정말 말이면 단 줄 아나?"

"이것들? 말조심해요. 아이돌이면 단 줄 아나?"

강창구의 말끝을 따라 하는 그녀의 말에 곳곳에서 키득거리는 웃음소리가 터져 나왔다.

태웅은 이 광경을 보며 슬슬 대형 사고가 터질 것 같은 예감이 들었다.

그는 핸드폰 카메라를 실행시켜 현장을 녹화하기 시작했다.

"이런 싸가지 없는 년이……."

눈이 뒤집힌 강창구가 나진영에게 마구 욕지거리를 퍼부었다.

그 말은 빠짐없이 태웅의 핸드폰 동영상에 저장되고 있었다.

"다시 한번 말해봐. 너, 이 바닥 생활 접고 싶냐?"

"뭐?"

"어디서 같잖은 게 여주인공이라고, 확! 생긴 것도 거지 같은 게……."

"너도 얼굴 더럽게 느끼하거든? 아이돌? 요즘은 아주 개나 소나 다 아이돌이래."

그 말에 참지 못한 강창구가 주먹을 들자, 조마조마하고 있던 스태프들이 득달같이 달려들어 두 사람 사이를 막아섰다.

삽시간에 난장판이 된 촬영장을 피디와 작가가 망연자실해 바라보았다.

"휴, 말이 안 통하는구먼. 어디서 이런 막돼먹은 망아지가 튀어나와 가지고."

나지막하지만 너무나도 잘 들리는 목소리.

고강호의 말에 마치 거짓말처럼 촬영장의 분위기가 가라앉았다.

분위기 파악 못 하는 강창구만 더 날뛰려는 찰나, 고강호가 핸드폰을 꺼내 어딘가로 전화를 걸었다.

"나야. 창구 녀석이 촬영장에서 행패를 부리는데 문제가 커질 것 같아. 지금 바로 조치를 취해야겠어."

짧은 통화였지만 강창구의 기세가 거짓말처럼 잦아들었다.

놀란 눈으로 자신을 바라보는 그를 향해 고강호가 씁쓸한 듯 말했다.

"그러기에 내가 조심하랬잖아. 보는 눈도 많은데. 네 할아비가 화가 많이 났으니 아마 한동안 조용히 지내야 할 거다."

"아, 아저씨, 어떻게 그런……."

"웃기는 놈일세. 지가 개망나니처럼 행동했으면 이렇게 될 수도 있다는 걸 각오했어야지."

거짓말처럼 얼마 지나지 않아 영화에 나오는 요원들같이 검은 정장을 입은 건장한 남자들이 촬영장으로 들어왔다.

그중 가장 높아 보이는 한 남자가 강창구 앞으로 다가와 고개를 숙였다.

"가시죠, 도련님. 회장님께서 부르십니다."

그 말에 강창구의 얼굴이 창백해졌다.

"할아버지가?"

"네, 회장님 말씀이십니다."

그 말에는 거역할 수 없는 힘이 담겨 있었다.

"촬영은 다 끝난 건가요?"

남자의 질문에 피디가 난감한 얼굴로 입을 열었다.

"아직 신이 두 개 남긴 했는데……."

"다음으로 미루시죠. 그리 오래 걸리진 않을 겁니다."

"아, 알겠습니다."

남자들과 강창구, 그의 코디와 매니저가 우르르 촬영장을 빠져나가자, 삽시간에 분위기가 썰렁해졌다.

"잠깐 쉬었다 합시다!"

김광록 피디는 골치 아프다는 듯 이마를 문지르며 밖으로 나가 버렸다.

유성미 작가 역시 난감한 얼굴로 그의 뒤를 따라 나갔다.

"정말 골치 아프게 됐군."

남은 배우들은 저마다 숙덕거리며 고개를 저었다.

이런 식으로 촬영이 중단될 거라고는 누구도 상상하지 못했다.

"자넨 나 좀 보지."

고강호가 태웅의 어깨를 두드리며 말했다.

촬영장이 난장판이 된 것은 그의 책임이 아니었기에 제법 신경을 써주고 있는 편이었다.

바깥으로 나와 쉼터 벤치에 앉은 고강호가 옆자리를 가리키며 태웅에게 앉으라고 손짓했다.

"담배 한 대 태우겠나?"

"감사합니다."

한참 윗대의 선배이기에 태웅은 깍듯하게 담배를 받았다.

고강호는 라이터를 켜서 불을 붙여준 후 허공을 바라보며 길게 한숨을 내쉬었다.

"이런 일이 있을 줄 알았어. 저런 몹쓸 종자는 그냥 조용히 회사나 하나 줘서 운영하게 하면 되는데 왜 연예인을 시키는지 몰라."

"삼원 그룹 회장님 말입니까?"

"그렇지. 자넨 이해력이 빠르구먼."

"조금 의외긴 했습니다. 재벌 집안에서 연예인이라니."

물론 금수저 연예인이 없는 것은 아니지만, 삼원 그룹이라면 한국에서 세 손가락 안에 드는 초일류 기업이다.

그 삼원의 직계 손자가 연예인이라니 조금 파격적이긴 했다.

"그게 뭘 의미하는지 아나? 재벌가 출신 연예인이라는 게?"

"버리는 카드 아닙니까?"

그 말에 고강호가 너털웃음을 터뜨렸다.

태웅의 말에 몹시 즐거운 것 같았다.

"정곡을 찌르는구먼. 그렇지. 한마디로 내놓은 자식인 거야. 그나마 얼굴 반반하고 재능이 있어서 기업 홍보 차원에서 내세운 거지. 하지만 그렇게 내세운 얼굴마담이 도리어 회장 얼굴에 똥칠을 한다면 어떨 것 같아?"

그의 말에는 많은 의미가 담겨 있었다.

묵묵히 고개를 끄덕이는 태웅을 보며 인자해 보이는 이 원로 배우는 날카롭게 눈을 빛냈다.

"자넨 앞으로 피곤해질 수도 있어."

"알고 있습니다."

"내 말은 자네가 해코지를 당한다는 게 아니야. 물론 그럴 수도 있겠지. 하지만 내 짐작엔… 자넨 그 친구의 관심을 받을 수도 있다는 거지."

태웅은 그의 말을 언뜻 이해할 수 없었다.

싸가지 없는 망나니의 배경이 어떻든 감당하겠다고 생각했다.

배우 생활을 못하게 압력을 넣으면 그만두면 된다고도 생각했다.

다만 눈앞에서 깐죽대는 꼴을 볼 수 없었기에 몸 가는 대로 응징했다.

아리송한 기분에 담배만 뻐끔거리고 있는데, 갑자기 그의 몸에 긴 그림자가 드리워졌다.

고개를 들어보니 아까 강창구를 데리고 간 검은 정장의 남자가 서 있었다.

"김태웅 씨 되시죠?"

"그런데요."

"잠시 시간 좀 내주시죠. 회장님께서 보고 싶어 하십니다."

고강호가 그 말을 듣고 씨익 웃었다.

"이미 받게 된 것 같군. 축복일지, 저주일지……."

태웅은 상황이 심상찮게 돌아감을 느꼈지만, 내색하지 않고 남자를 올려다보며 말했다.

"저 바쁜데요."

S# 4
망나니 교육하기

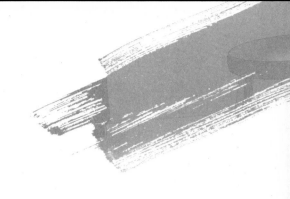

강부식 회장의 성북동 자택은 광활한 사바나 초원을 연상
케 했다.

'서울 한복판에 이렇게 큰 집이 있다니?'

태웅은 놀랍기 그지없었다.

물론 전생에서 그가 가지고 있던 집에 비하면 코딱지만 했
지만 말이다.

미국과 한국의 땅 크기 차이를 고려한다면 이 정도면 그래
도 인정해 줄 만한 재력이었다.

"가시죠."

검은 정장을 입은 남자가 앞서 걸으며 말했다.

한 번 튕기긴 했지만 결국 태웅은 이곳에 오게 되었다.

바쁘다는 말을 내뱉은 순간 뜬 시스템 메시지 때문이다.

[첫 출연한 드라마 '청춘은 맛있어!'가 방영도 되기 전 취소될 위기에 처했습니다.]

[미션: '청춘은 맛있어!'가 예정대로 방영될 수 있도록 주연배우를 복귀시키세요.]

[미션 실패 시 라이프 포인트 10이 감소합니다.]

다른 미션과는 달리 실패 시 라이프 포인트 감소 조건까지 붙었다.

이렇게 된 이상 무슨 수를 써서라도 삼원 그룹과 강창구의 문제를 해결하여 드라마 제작이 취소되지 않도록 최선을 다해야 한다.

애초에 인기 아이돌 강창구의 출연이라는 조건으로 스폰서가 붙은 드라마이다.

그가 빠지게 된다면 애써 잡은 케이블 편성도 날아가게 될 것은 불 보듯 뻔했다.

'내가 피디나 작가도 아닌데 이런 미션을 주다니, 정말 똥 같은 시스템이다.'

시스템을 저주해 봤자 별수 없는 일.

그는 차라리 긍정적으로 생각하기로 했다.

한국 최고 대기업의 CEO를 만날 기회가 쉽게 오는 것은 아니니까.

'그러고 보니 전생에서는 따이 말고는 한국 친구가 별로 없었지.'

빌보드 차트 2위에 오른 세계적인 히트곡 '강남 젠틀맨'의 주인공 따이와는 크리스토퍼 닐란 감독의 신작 발표회 파티에서 만났다.

안면을 익히고 짧은 대화를 나눈 후 전화번호를 주고받았지만 따로 만난 적은 없었다.

이번에 만나는 상대는 가수도 배우도 아니다.

바로 한국 최고의 재벌이라는 남자이다.

그래 봐야 빌 게이츠나 스티브 잡스, 마크 주커버그 같은 친구들보다는 스케일이 작겠지만 어쨌든 흥미가 이는 것은 사실이었다.

프랑스 귀족들의 대저택을 연상시키는 건물로 들어가자 여러 사람들이 오가는 모습이 보였다.

정장을 갖춰 입고 현관에 서 있던 말쑥한 청년이 고개를 숙여 남자에게 인사했다.

"강인국 실장님, 오셨군요."

"회장님은?"

"서재에서 기다리고 계십니다."

"창구 도련님은 가셨나?"

"네."

강인국 실장이라 불란 남자는 태웅에게 따라오라는 눈짓을 하곤 집 안쪽으로 들어갔다.

긴 복도를 지나 나타난 문을 열고 들어가자, 작은 도서관 수준의 서재가 모습을 드러냈다.

"데리고 왔습니다, 회장님."

고급스러워 보이는 소파에 몸을 거의 파묻은 육중한 체구의 노인이 태웅을 아래위로 훑어봤다.

"강 실장은 나가봐."

"알겠습니다."

깍듯이 고개를 숙이고 강인국이 나가자, 노인이 태웅에게 고갯짓을 했다.

"거기 앉지."

그 말에 태웅은 노인이 앉은 반대편에 천천히 앉았다.

반질반질하면서도 부드러운 촉감이 인상적인 가죽 소파였다.

'골드메리구나. 내 취향은 아니군.'

다소 화려하고 클래식한 느낌의 가죽 소파로 그가 좋아하는 브랜드는 아니었다.

"김태웅입니다."

"이름은 아니까 됐고, 우리 창구는 왜 때렸나?"

앉자마자 그가 단도직입으로 물었다.

날 선 목소리에 험악한 표정이 어지간한 사람이라면 압도당해 오줌을 질질 쌀 정도의 기세였다.

"전 그런 적이 없습니다."

"허허, 그럼 내 손자가 거짓말을 한다는 건가? 그 애가 경솔하고 감정 조절을 잘 못하긴 하지만 그렇다고 완전 거짓말만 하는 녀석은 아니야. 그 정도로 화가 났다는 건 적어도 봉변을 당했다는 거지."

역시 보통내기가 아니었다.

노회한 대기업 총수로서의 통찰력과 거짓을 간파하는 능력은 그가 만난 사람 중에서도 최상위급이었다.

"강호도 아마 자네가 그랬다는 걸 알 거야. 내색은 안 했겠지만 말이야."

태웅은 그 말을 듣고 곰곰이 생각해 보았다.

강부식의 말대로 아마 그도 눈치를 챘을 것 같다는 느낌이 왔다.

"강호와 나는 같이 미국 유학 생활을 한 친구지. 그 친구 때문에 내가 연예인에 대해서 편견이 별로 없어. 그래서 창구가 딴따라가 되겠다고 할 때 말리지도 않았고 말이야."

"저한테 책임을 물으시려는 겁니까?"

태웅은 그의 말을 진득하게 들어줄 필요성을 느끼지 못했다.

집에 가서 운동도 하고 산책도 하며 여동생 태선이가 차려준 저녁도 먹어야 한다. 아르바이트는 없는 날이지만 그래도 할 일이 산더미인데 낭비하고 있을 시간이 없었다.

"성격이 급하구먼. 책임이라… 그렇다면 자네가 그랬다는 걸 인정하는 건가?"

강부식의 목소리가 낮아지며 또다시 분위기가 일변했다.

제왕의 자리에 있는 사람들이 그렇듯 그 역시 한순간에 대화의 분위기를 휘어잡는 능력이 있었다.

"부인하진 않겠습니다. 어찌 됐든 신체 접촉이 있었던 것은 사실이니까요. 그리고 강창구 그 친구의 경우 없음에 대답하고 싶기도 했고요."

"허허. 이러니저러니 해도 창구는 내가 아끼는 손자이자 삼원 가문의 일원이네. 그런 아이에게 변기 물을 먹인 건 좀 정도가 심했지. 그래, 어떻게 책임을 질 생각인가?"

지금부터는 대답을 잘해야 한다.

말하는 품새로 보아 강부식은 무작정 철권을 휘두르는 폭군은 아니었으나 그렇다고 마냥 호인도 아니었다.

더군다나 이번 일은 자기 가문의 위신이 걸린 일이기도 했다.

한낱 조연 배우 따위에게 손자가 험한 꼴을 당한 것이 아닌가.

원인 제공을 누가 했는지는 전혀 중요한 일이 아니게 될 수도 있었다.

"제가 사람 한번 만들어보겠습니다."

"뭐라고?"

"강창구 그 친구, 지금 같은 상태로는 가까운 미래에 대형 사고를 치고 말 겁니다. 정권도 바뀌어서 어수선한데 굳이 기업이 두드려 맞을 빌미를 만들 필요는 없지 않겠습니까?"

강부식은 한 방 먹은 듯한 표정이다.

그는 한동안 태웅을 노려보다가 피식 웃음을 터뜨렸다.

"허허허, 참나, 살다 살다 별 이야기를 다 들어보는군. 그러니까 내 손주의 인성 교육이라도 하겠다는 말인가?"

"그렇습니다. 다시 촬영장으로 보내주시면 제가 옆에서 하나부터 열까지 가르치겠습니다."

태웅은 그가 황당해하기는 해도 기분이 나빠하진 않는다는 것을 알아차렸다.

한국 경제의 거물이자 살아 있는 신화 강부식.

그와 같은 지위에 오르게 되면 사람과 세상을 보는 눈이 달라진다.

매사 흔들리지 않는 정신력과 노련함을 갖추게 되는 한편으로, 무시무시한 지루함과 권태에 시달리게 된다.

그런 이들에게는 자극이 필요하다.

"두꺼운 낯짝 하나는 인정해 줄 만하군. 정말 두껍기가 짝이 없어. 허허허허."

강부식은 재미있는 장난감이라도 찾아낸 어린아이처럼 가슴 깊은 곳에서부터 웃고 있었다.

그의 주변에는 아부하는 사람들과 비굴한 사람들, 또는 허세 가득한 사람들뿐이다.

이렇게 배짱 있는 젊은 놈을 만나기는 쉽지 않았다.

"난 허세는 안 좋아해. 그 어린 망아지 같은 놈을 다스릴 복안은 있나?"

"물론입니다. 더 이상 변기 물을 먹이거나 하는 일은 없을 테니 걱정 안 하셔도 됩니다."

"좋아, 원래 난 자네가 하는 말에 따라 다양한 처분을 생각해 두고 있었지. 대부분 자네에게 있어 별로 좋은 방향은 아니었어."

'다양한 처분'에 대해 태웅은 상상력을 한껏 발휘해 보았다.

생각해 보면 꽤나 아슬아슬한 도박이었다.

이 나라에서 가장 힘 있는 사람을 앞에 두고 호기를 부린 것이니까 말이다.

"일단 창구는 돌려보낼 거야. 이대로 하차하는 것도 모양새
가 좋지 않으니까. 적어도 완주는 시켜야겠지."

드라마 '청춘은 맛있어!'는 극적으로 생명 연장의 꿈을 이루
게 되었다.

물론 언제 또 사고가 터질지 모르지만 말이다.

"아까 문제 일으키지 말라고 단단히 얘기해 두었으니 한동
안은 잠잠할 거야. 물론 얼마나 갈진 모르지만, 그걸 다루고
연장하는 건 바로 자네에게 맡겨두지."

"제가 마음대로 해도 됩니까?"

"그것도 자네 역량이야. 난 그냥 결과만 볼 거거든. 자네에
게 초월적인 권한을 부여하지도 않을 거고. 왜, 자신 없나?"

태웅은 씨익 웃었다.

강부식은 그 미소를 보고 곰곰이 생각했다.

'내 앞에서 이렇게 활짝 웃는 청년이 근 몇 년간 있었던가?'

"강창구 씨를 삼원 가문의 일원에 걸맞은 훌륭한 인격체로
만들어보겠습니다. 삼원 그룹과 그 친구, 저 모두를 위해서 말
입니다."

믿을 수 없을 정도의 자신감.

강부식은 왠지 그의 말이 단순한 호언장담이 아니라는 느
낌을 받았다.

사람을 감별하는 눈은 도사 수준이라고 자부하는 그였지만, 이 청년에게서는 도저히 측량할 수 없는 뭔가가 느껴졌다.

[미션을 달성하였습니다.]
[미션 보상으로 라이프 포인트 30이 주어집니다.]
[현재 남은 라이프 포인트는 100입니다.]
[삼원 그룹 회장 강부식과의 인맥이 생겼습니다.]

'일단 한숨 돌릴 수 있겠군.'
라이프 포인트가 줄어드는 것을 막은 것만 해도 성공이었다.

게다가 이번 만남으로 인해 사회 고위층 인사인 강부식과의 인연이 생긴 것도 큰 성과였다.

'인맥은 무조건 이용해야 장땡이지!'
태웅은 어깨를 활짝 펴고 낭랑한 목소리로 입을 열었다.

"그런데 부탁이 하나 있습니다만, 손자 분 수업비로 치고 들어주실 수 있을까요?"

이 상황에서 부탁을 하겠다고?
이제는 너털웃음까지 났다.

"어디 한번 말해봐. 가능한 거라면 고려해 보지."
"사실 제가 좀 억울한 일을 당했습니다. 스턴트맨 시절에요."

말을 꺼내는 태웅의 눈빛이 묘하게 번뜩였다.

＊　　　　　＊　　　　　＊

촬영장에 다시 평화가 찾아왔다.

호되게 정신교육을 받은 듯 반쯤 혼이 나간 얼굴로 촬영장에 복귀한 강창구는 마치 털을 홀딱 깎인 양 같은 모습이었다.

물론 태웅의 얼굴을 다시 봤을 때 약간의 살기를 보이긴 했지만 시비를 걸지 않고 도리어 외면해 버렸다.

'그나마 사람의 말을 들을 수 있는 상태는 됐군.'

강부식의 한마디에 얌전해지긴 했지만, 그렇다고 해서 하루아침에 망나니가 건실한 청년이 되는 것은 아니었기에 지속적인 조교가 필요했다.

강창구와 한바탕 말싸움을 벌인 나진영과 김현수는 은근히 긴장한 기색이었다.

하지만 강창구는 그들에게 눈길조차 주지 않았다.

덕분에 재개된 촬영은 순조롭게 진행됐고, 반나절도 안 되어 잔여 분량을 찍을 수 있었다.

2회 차 촬영이 끝나고 매니저들에 둘러싸여 짐을 챙기는 강창구에게 태웅이 다가갔다.

주위의 매니저들과 곁눈질로 이를 지켜보는 배우와 스태프들 모두 긴장했다.

"창구 씨, 아까는 미안했어요. 담배나 같이 한 대 피우시죠."

부드러운 목소리와 정중한 태도였지만 상대는 언제든 미친 멧돼지가 될 수 있는 부류의 인간이다.

그는 태웅을 노려보며 피식 웃었다.

악의와 허세가 가득 담긴 미소였다.

고강호도 이미 특별 출연 촬영을 마치고 돌아갔기에 현장에서 그가 두려워할 만한 사람은 아무도 없는 셈이다.

'아니지. 바로 여기 한 명이 있지.'

태웅은 마주 보고 웃으며 주머니에서 검은색 시가 케이스를 꺼냈다.

바로 강부식 회장에게 선물로 받은 쿠바산 특제 시가가 든 케이스였다.

그것을 본 강창구의 표정이 급격히 굳었다.

"가시죠. 저한테 아주 맛 좋은 시가가 있거든요."

그는 썩은 표정으로 자신의 머리와 옷을 정리하고 있는 스타일리스트들을 밀쳐냈다.

그리곤 가타부타 말도 없이 촬영장 흡연 구역 쪽으로 걸어갔다.

태웅은 자신을 바라보는 스태프들과 배우들에게 고개를 꾸벅 숙여 보였다.

"다들 수고하셨습니다!"

김광록 피디와 유성미 작가는 그런 둘의 모습을 보며 일촉즉발의 긴장감에 심장이 벌렁거렸다.

"가봐야 하는 거 아니에요? 또 대형 사고 터지면……"

"서, 설마. 아까 강부식 회장에게 끌려갔다 왔는데 설마 또 문제 일으키겠어?"

"그건 모르는 거죠. 진짜 어쩌다가 이렇게 된 거예요? 그냥 웹 드라마로 할 걸 그랬어요."

"유 작가, 그건 아니지. 어떻게 웹 드라마하고 케이블 정규 편성 드라마하고 비교를 해?"

"그래도 이건 좀 아니잖아요."

"좀만 참아. 응? 더럽고 치사해도 이것만 터지면 우리 앞으로 탄탄대로다. 알았지?"

유성미 작가는 마지못해 고개를 끄덕였다.

하지만 아무리 생각해도 드라마가 무사히 끝날 가능성이 희박해 보였다.

지난 촬영장에서의 시비 때 가장 먼저 태웅의 입장을 변호한 김현수가 나진영에게 흔들리는 목소리로 말했다.

"강창구가 삼원 그룹 회장 손자라는 말이 진짜였어요? 큰일

났네."

"그러게요. 나도 몰랐는데 어쩌죠? 우리 어디 야산 같은 데로 끌려가서 암매장당하는 거 아니에요?"

나진영이 괜한 호들갑을 떨었다.

사실 그녀는 겁 많은 김현수를 놀리려던 것이었는데, 농담인 줄 알아차리지 못한 상대가 얼굴이 새파랗게 질려 버렸다.

"마, 맙소사. 어떻게 하지? 이민 가야 하나? 영어도 못하는데… 우씨."

안절부절못하며 혼잣말을 늘어놓는 김현수를 뒤로하고 그녀는 태웅이 사라진 쪽을 물끄러미 쳐다보았다.

보면 볼수록 특이한 사람이었다.

딱히 배경도 경력도 없어 보이는데 자연스럽게 몸에서 배어나오는 자신감과 여유.

평범한 외모였지만 오래 볼수록 빨려들어 가는 매력적인 분위기의 소유자.

스타가 될 가능성이 있다면 바로 저런 사람일 것이다.

스스로 강렬한 매력이 부족하다고 여기는 그녀로서는 신경이 쓰이지 않을 수 없는 남자였다.

*　　　　*　　　　*

흡연 장소에서 태웅을 기다리고 있던 강창구가 짝다리를 짚으며 인상을 썼다.

"어이, 스턴트. 설마 우리 할아버지가 상대 좀 해줬다고 날 마음대로 할 수 있다고 생각하는 건 아니지?"

"아니야?"

"하! 꿈 깨시지. 그래 봤자 넌 핫바리 단역배우일 뿐이야. 할아버지 핏줄은 난데 네까짓 걸 오래 쓸 것 같아?"

"그래?"

"넌 소모품이야, 소모품. 주제를 알았으면 까불지 마."

이쯤 되면 사실상 교육해야 할 학생의 상태는 별반 달라진 게 없다고 봐야 한다.

태웅은 작게 한숨을 쉬곤 입을 열었다.

"창구야."

"왜?"

"네가 모르고 있는 것 같아서 알려주는데."

"뭘?"

"저기 옆 동 화장실 변기는 푸세식이거든?"

잠시 말의 의미를 곱씹어보던 강창구의 얼굴이 새빨개졌다.

"너, 너 분명 할아버지한테 변기 물 따윈 안 먹일 거라고……."

"그거야 네가 약속대로 말을 잘 들었을 때의 얘기지."

태웅이 한 발짝 가까이 다가가자 강창구는 기겁하며 뒤로 물러섰다.

"오, 오지 마! 거기서 더 오면 소리 지를 거야!"

저벅.

"경찰 부른다? 에이, 씨발! 야, 매니저! 이 새끼 좀 막아!"

저벅.

"왜 아무도 안 와? 어쭈, 보고만 있어? 너네 뒤질래? 다 대가리 박고 싶냐?"

저벅.

마침내 자신의 눈앞에 선 태웅을 보며 강창구의 안색이 급격히 창백해졌다.

"박아."

"뭐?"

"대가리 박으라고. 네가."

"……."

"박을래, 화장실 갈래?"

잠시 후 촬영장 흡연 장소에서 군대 연병장에서나 들릴 법한 호령 소리가 울려 퍼졌다.

* * *

"오빠, 왜 그렇게 싱글벙글이야?"

정신없이 밥숟가락을 놀리는 태웅을 보며 태선이 의아한 표정으로 물었다.

'너도 대기업 손자 얼차려 한번 시켜보면 이렇게 방긋방긋 웃게 된단다.'

지난 생에서 밥맛 없는 인간들을 상대로 이런 '버릇 고치기'를 안 해본 건 아니지만, 대한민국이라는 새로운 환경에서 악질 금수저를 괴롭히는 것도 나름 색다르고 즐거웠다.

"그런 게 있어. 근데 넌 아르바이트 언제까지 할 거야?"

"정말 오빠가 생활비 벌 거야?"

"그럼. 아르바이트를 늘려서라도 할 테니 넌 빨리 다시 학교나 가."

"그랬다가 드라마 똑바로 못하면 어떻게 해? 그냥 촬영 끝날 때까지는 연기에 전념해. 두 개 다 하려다가 하나도 제대로 못하지 말고."

조그만 게 제법 훈계도 할 줄 안다.

"이 오빠는 만능 멀티 플레이어거든? 그러니까 걱정하지 말고 너는 공부나 열심히 해."

"어휴, 재수 없어. 깨어나고 나서 왜 이렇게 말투가 이상해졌대?"

태선은 툴툴거리면서도 태웅의 앞으로 국그릇을 밀어주었다.

역시나 같이 사는 여동생도 확연히 느낄 수 있을 정도로 그는 변했다.

시스템으로 인해 라이더 베스와 김태웅의 인격이 하나가 되었지만, 사실상 성격은 전자의 성향에 지배받고 있었다.

태웅의 원래 성격은 언제나 당하고만 사는 찐따 같은 타입이었다.

'그래도 이기적이고 남한테 피해주는 사이코패스 같은 놈들보다는 훨씬 낫지.'

예전에는 할리우드에만 그런 놈들이 바글거릴 거라고 생각했는데, 지금 보니 사람 사는 곳은 다 똑같았다.

어디든 착하고 성실하게 살면 호구 소리 들으며 손해 보고, 자기 몫을 악착같이 챙기며 약삭빠르게 살면 성공한다.

하지만 그가 좋아하는 부류는 늘 바보같이 당하는 순박한 사람들이었다.

착하고 부지런하며 인정이 많은 사람들.

손해를 좀 보더라도 올바른 길을 걷는 선한 사람들.

물론 정작 그 스스로는 전혀 그렇게 살지 않았고 앞으로도 그럴 생각은 없지만 말이다.

'그러고 보니 자료가 도착했겠군.'

강창구의 수업료 몫으로 삼원 그룹 강부식 회장에게 부탁한 자료이다.

밥그릇을 바닥까지 싹싹 비우고 방으로 간 그는 컴퓨터를 켠 후 메일함에 접속했다.

'벌써 보냈잖아? 이거 그냥 대충 수박 겉 핥기 한 거 아냐?'

그와 만난 지 며칠 되지도 않았는데 벌써 부탁한 자료가 오다니……

메일의 내용과 첨부 파일들을 상세히 살핀 그의 입에서 절로 탄성이 흘러나왔다.

'괜히 삼원 그룹이 아니구나. 짧은 시간에 이렇게 낱낱이 사람 하나를 털다니.'

그것은 바로 태웅을 엿 먹인 임기환 감독에 대한 모든 자료였다.

출생 때부터 현재까지의 모든 치부가 그곳에 담겨 있었다.

국정원한테 조사를 시킨 걸까 싶을 정도로 별의별 내용이 다 있어서 한편으로는 섬뜩할 정도였다.

'민간인 하나 털어서 인생 막장 만드는 건 일도 아니겠군. 그래야 사회 지도층 인사답지.'

그는 다시 한번 천천히 임기환의 비리 역사에 대한 모든 자료를 정독한 후 한 자도 빼놓지 않고 머릿속에 담았다.

'미친 기억력' 능력을 발휘, 처음부터 끝까지 암송할 수 있을 정도로 완벽하게 외워 버렸다.

'이걸 어떻게 조진다?'

태웅은 행복한 고민에 빠졌다.

같은 재료라도 튀기느냐, 볶느냐, 무치느냐에 따라 완전히 다른 맛이 되듯 복수 역시 마찬가지였다.

아예 철저하게 짓밟거나 머리부터 발끝까지 이용해 먹고 버리거나.

크게 나눈다면 두 개의 길이 있으리라.

'이놈을 이용해 먹을 데가 있나? 아무리 잘나간다 해도 일개 영화감독일 뿐이잖아?'

사실 시스템의 강제 미션만 아니라면 배우고 나발이고 그냥 욜로한 라이프를 누리고 싶은 그로서는 굳이 번거롭게 임기응변 따위를 이용해 뭔가를 얻고 싶진 않았다.

오직 파멸!

지금도 수많은 악행을 저지르고 있을 악질 영화감독을 떠올리며 태웅은 사악한 미소를 지었다.

*   *   *

촬영장에서 표면적으로 크게 변한 것은 강창구가 조금 얌전해졌다는 것뿐이었다.

3, 4회 차에서는 태웅의 신이 하나. 그것도 그냥 대학 강의실에 앉아 있는 장면이었다.

덕분에 태웅은 일찌감치 촬영을 끝내고 느긋하게 강창구를 감시하는 임무에 집중할 수 있었다.

"어디 보자. 일단 와서 동료 배우들한테 인사 안 한 거 1점, 자기가 마신 음료수 캔 쓰레기통에 안 버린 거 1점……."

그는 아예 수첩에 체크 리스트를 만들어 강창구의 행실을 평가했다.

촬영이 끝날 때마다 점수를 합산하여 단계별로 처벌을 가할 예정이다.

강창구는 주인공 한해 역할을 꽤 성실하게 연기하고 있었다.

한바탕 싸움이 붙은 여주인공 나진영과도 더 이상 문제를 일으키지 않고 잘 촬영하고 있었다.

'푸세식 화장실 물 마시기는 정말 싫은가 보군.'

임무는 임무고 연기는 연기.

벌써 5회 차 촬영에 이른 드라마는 슬슬 이야기가 본격적인 궤도에 오르면서 재미를 더해가고 있었다.

초반에 어수선하긴 했지만 시간이 지나면서 점점 멘탈을 회복한 유성미 작가 특유의 트렌디함과 개그가 폭발하면서 극 전개가 흥미진진해지는 중이다.

'청춘은 맛있어!'의 메인 스토리는 조리학과 학생인 천재 일식 조리사 한해가 공중파 리얼리티 프로그램 '그랜드마스터 셰프'에 출전하여 쟁쟁한 현역들과 일식 요리 대결을 펼치며 결국 우승을 차지하는 내용이었다.

하지만 메인 스토리 전개보다는 조리학과를 둘러싸고 벌어지는 사랑과 우정, 개그 등 곁가지에 많은 비중을 실어 가볍게 즐길 수 있는 키치물을 지향했다.

웹 드라마용으로 초기 기획이 되다 보니 트렌디함과 B급 감성이 충만한 젊은 층에 큰 인기를 끌 듯한 느낌의 드라마였다.

'드디어 다음 주면 방송인가.'

황금 시간대인 금, 토요일 10시에 편성이 잡힌 것은 강창구와 대형 기획사 ROD의 힘이 컸다.

망나니 같은 성격과는 다르게 훈훈한 외모의 소유자인 강창구는 팬덤이 어마어마했다.

게다가 최근에는 해외 팬도 늘어나면서 한류 스타로 급부상하고 있었다.

*   *   *

"태웅 씨, 나 좀 봐요."

거의 빠짐없이 현장에 나오고 있는 유성미 작가가 그에게 다가와 눈짓했다.

"무슨 일이죠?"

촬영장 한쪽에 마련된 테이블에서 김광록 피디와 유성미 작가가 진지한 눈빛으로 그에게 말했다.

"요즘 어때요? 첫 드라마인데 할 만해요?"

피디의 질문에 태웅은 고개를 끄덕였다.

"그럼요. 아주 재밌습니다."

"창구 씨랑은 잘 풀었어요? 조금 걱정했는데……."

걱정스러운 표정의 두 사람을 보며 그는 씨익 웃었다.

"원만하게 해결됐습니다. 비슷한 또래이다 보니 통하는 게 있더라고요. 걱정 안 하셔도 됩니다."

둘은 서로 시선을 교환하곤 안도의 한숨을 쉬었다.

그동안 다시 강창구와 한판 붙지 않을까 꽤나 가슴을 졸인 것이다.

"그래요. 드라마는 팀워크가 중요하니까 앞으로도 좋은 관계 유지해 줘요. 알겠지만 우리 드라마가 케이블 편성 잡힌 것도 창구 씨 힘이 크니까. 무슨 말인지 알죠?"

"네."

피디는 어느 정도 마음의 안정을 찾은 듯 본론으로 들어갔다.

"태웅 씨 연기를 관심 있게 보고 있어요. 스턴트맨만 했다는 게 믿기지 않을 만큼 잘하더라고요."

"감사합니다."

"그래서 말인데, 지금 극의 구심점이 좀 약해요. 무슨 말이 냐면 우리 드라마 특징이 원톱 주인공이 끌고 가는 게 아니라 약간 여러 방향에서 톡톡 튀면서 나아가는 그런 게 있거든."

애매모호한 말이었지만 무슨 뜻인지는 이해가 갔다.

시트콤에 가까운 다양한 캐릭터의 매력과 순발력으로 에피 소드가 전개되는 타입의 드라마.

애당초 전문 배우가 아닌 사람을 주인공으로 쓴 것도 그러 한 이유가 없지 않았다.

"사실 태웅 씨가 맡은 배역은 제작자 요구로 급조한 건데, 연기가 좋아서인지 아주 매력적으로 나오더라구. 아직 화면 못 봤겠지만 비디오로 뜬 게 더 좋고 강렬해. 그래서 내가 작 가한테 얘기했어요. 비중을 좀 높여도 되겠냐고."

정교한 플롯과 캐릭터로 촘촘하게 짠 대본을 바탕으로 전 개되는 드라마 장르에 있어 제작자나 배우, 시청자의 요구로 추가나 변경이 들어가게 되면 보통 극이 망가지게 마련이다.

하지만 새롭게 탄생하거나 성격이 바뀐 캐릭터가 스스로 생 명력을 가지고 활약하게 되는 일도 있다.

태웅이 연기한 등장인물 황갈이 바로 그런 경우였다.

"아무리 내가 좋더라도 대본을 쓰는 작가가 어렵다고 하면 별수 없거든. 근데 우리 유 작가도 흔쾌히 오케이를 하더라고."

"태웅 씨 연기가 캐릭터를 살렸어요. 원래 이 캐릭터를 어떻게 해야 할지 큰 고민이었는데 태웅 씨가 연기하는 걸 보는 순간 뻥 뚫린 도로를 달리는 것처럼 속이 시원해지더라고요."

신인 배우라면 제법 쑥스러워할 만한 극찬이었지만 태웅은 태연하게 받아들였다.

전생에서 대배우이던 그에게 있어 이런 호평쯤은 일상이었으니까.

"저도 기대가 되네요. 분량은 얼마든지 늘리셔도 좋습니다. 저 대본 빨리 외우거든요."

"하하, 그런 자신감 좋아. 그래서 다음 회부터는 아마 태웅 씨 신이 많이 등장할 테니까 잘 좀 부탁할게요."

피디가 사람 좋게 웃으며 수정 대본을 건넸다.

'당장 다음 촬영부터인데 수정 대본을… 참 빨리도 준다.'

물론 그에겐 전혀 문제가 되는 일이 아니었지만, 이 미숙한 피디와 작가는 한참 더 경험과 관록을 쌓아야 할 것 같았다.

"완벽하게 소화해 오겠습니다. 저 때문에 시청률 많이 오르게요. 하하!"

호감 가는 미소를 지으며 태웅은 대본을 갈무리했다.

안 해본 연기가 없지만 촬영장에 오고 대본을 받을 때마다 이상하게 두근거리는 것은 태웅의 인격 때문일 것이다.

맡은 배역의 비중이 커졌다는 것.

라이더 베스에게는 별일 아니지만 태웅에게 있어서는 큰 한 걸음이다.

'그렇게 배우가 되고 싶으냐?'

열정도 즐거움도 잃어버린 죽기 직전 자신의 내면을 생각하면서 그는 씁쓸함을 느꼈다.

"태웅 동생, 비중이 많이 늘어났다지? 축하해. 허허허."

어느새 나타난 오한수가 어떻게 알았는지 그에게 축하의 말을 건넸다.

한동안 안 보였는데 오늘은 촬영 분량이 있어서 나타난 것 같았다.

"오랜만입니다."

"내가 그동안 좀 바빠서 말이야. 허허."

"두 탕 뛰어요?"

"엄밀히 말하자면 네 탕이지. 드라마 두 개에 영화 하나, 연극 하나."

극을 세 개나 뛴다는 건가?

물론 분량이 많지 않은 역할이 대부분이었지만, 그렇다고 해도 네 개의 작품을 동시에 뛴다는 것은 어지간한 배우도 불가능한 일이다.

"나 같은 감초 배우의 숙명 아니겠어? 그래도 아르바이트나 부업을 안 해도 되니까 다행이지. 그런 거 하면 연기 감이 떨어진다고."

하긴 처자식도 없다는 걸 보면 적은 수입으로도 충분히 살아갈 수 있어 보인다.

"태웅 동생도 웬만하면 아르바이트 같은 건 하지 말라고. 배우 가오가 있지 말이야."

"가오도 돈이 있어야 잡죠. 그리고 이미 일식집 아르바이트하고 있어요."

"일식집? 이야, 배역 때문에 아르바이트까지 하는 거야? 진정한 배운데?"

호들갑을 떠는 그의 목소리가 너무 커서 태웅은 은근 신경이 쓰였지만, 그들에게 시선을 던지는 이는 없었다.

"그런 아르바이트라면 나쁘지 않지. 어쨌든 이렇게 첫 작품부터 연기력을 인정받아 분량도 늘어나다니… 동생 혹시 천재 아닌가?"

"그렇지도요."

태웅은 씨익 웃으며 말했다.

사실 천재인 게 맞으니 거짓말은 아니다.

"만약 여기서 터져서 잘되면 나 좀 끌어달라고."

"그럴 리가요."

"아냐. 내가 보기엔 충분히 가능성 있어. 동생은 케이블 드라마 조연으로 끝날 배우가 아니야."

대체 뭘 보고 이러는지는 모르겠지만 안목은 있는 것 같았다.

"좋게 봐줘서 고맙네요."

"그러고 보니 다음 주면 첫 방이구먼. 같은 시간대 경쟁 드라마가 꽤 강력하던데, 이길 수 있을까?"

'청춘은 맛있어!'는 예능과 드라마로 흥한 케이블 채널 NVC에서 9월 1일부터 방송된다.

그리고 같은 날 종합 편성 채널 MTBS에서 동시간대에 본격 범죄 스릴러 '그날이 온다'가 스타트를 끊는다.

같은 날, 같은 시간대에 두 개의 드라마가 동시에 시작하는 것은 방송가에서도 흔한 일이 아니었다.

그렇기에 이미 언론에서는 두 작품을 비교하는 기사를 연일 보도하고 있었고, 드라마를 좋아하는 대중들의 관심 또한 점점 커지고 있었다.

—누가 봐도 그날이 온다가 압승 아니냐. ㅋㅋㅋ

—아이돌 쩌리들 나오는 드라마하고 연기파 배우들 나오는 드라마를 비교하다니 하여튼 기레기들 홍보질 하고는…….

—강창구 재수 없어서 안 본다.

—울 창구 오빠 나오는 '청춘은 맛있어!' 무조건 본방 사수! 재방도 VOD도 무조건 사수!

―솔까 여배우 얼굴은 '청춘은 맛있어!'가 이겼다.

―당연하지. 그날이 온다는 고추밭인데. 그리고 애당초 장르가 같냐? ㅉㅉ

―방송국들도 정신 차려야 돼. 시청률 챙기려고 연기력도 근본도 없는 아이돌을 주연으로 쓰고.

―창구 오빠 키스신 없지? 있으면 작가 죽여 버려. 여주도 죽여 버려.

인터넷 기사에 달린 댓글을 보며 태웅은 피식 웃었다.

'마지막으로 드라마 나왔을 때가 언제더라?'

아마 5년 전 마블코믹스의 한 영웅을 주인공으로 내세운 TV드라마 시리즈일 것이다.

한동안 영화만 출연한 그였지만 워낙 마블코믹스의 광적인 팬이다 보니 카메오 출연 요청에 흔쾌히 응했다.

세계 최고의 슈퍼스타가 출연한 마블히어로 드라마는 결국 시즌1을 끝으로 종영하고 말았는데, 딱 한 회에 빌런으로 나온 라이더 베스의 존재감이 너무 강력했기 때문이다.

주인공인 마블히어로마저도 씹어 먹은 그의 미친 존재감 또한 두고두고 화제가 되었었다.

[9월 1일, 첫 드라마 '청춘은 맛있어!' 방영을 시작합니다.]

[미션: 라이벌 드라마 '그날이 온다'와의 시청률 대결에서 승리하세요.]

[최종 화까지의 평균 시청률로 계산하며, 조기 종영될 경우 자동 패배합니다.]

'아니, 이게 뭐야?'

귓가에 들려오는 시스템 메시지를 들은 그는 어안이 벙벙해졌다.

무엇보다 말도 안 되는 미션 내용 때문에 황당함은 더욱 가중되었다.

일개 조연 배우일 뿐인데 시청률을 책임지라는 게 웬 말인가?

'뭐, 이런 일관성 없는 시스템이 다 있어? 배우의 꿈이라며? 이럴 거면 피디의 꿈이라고 해.'

S# 5
청춘은 맛있어!

마침내 '청춘은 맛있어!'의 첫 방송일이 되었다.

시청자들은 각자의 취향에 따라 채널을 돌렸다.

연기파 배우들이 총출동한 '그날이 온다'는 국내 최대의 원전을 둘러싸고 벌어진 연쇄 살인사건을 중심축으로, 그 이면에 숨겨진 음모와 갈등, 원한을 다룬 스릴러 드라마였다.

제작비 120억 원을 투자한 명품 블록버스터라는 평이 자자했기에 그에 비해 스케일이 훨씬 작고 소프트한 이야기인 '청춘은 맛있어!'는 상대적으로 초라해 보이기까지 했다.

"하필이면 왜 '그날이 온다' 하고 붙느냐고! 황금 시간대

에 편성이 잡혔다고 좋아했더니만… 어쩐지 운수가 좋더라
니……."

김광록 피디는 머리를 움켜쥐고 고뇌에 빠져 있었다.

생각해 보면 시작부터 지금까지 한 번도 순탄하게 흘러가
지 않은 드라마였다.

6부작 웹 드라마로 기획되어 참신한 신인 배우들을 캐스팅
해 꾸려 나가는 B급 감성의 작품이었다.

그랬던 것이 갑자기 대형 기획사 ROD에서 컨택이 오고 스
폰서로 붙으면서 떠오르는 스타 아이돌 강창구가 주연으로
확정되었다.

그러자 갑자기 이름 있는 케이블 방송국에서 관심을 보였
고, 여기저기에서 투자까지 들어오면서 16부작으로 확대 편성
되었다.

그가 과거 세 번의 공중파 드라마 연출 경력이 있는 중견
이었기에 망정이지, 아무것도 없는 신출내기 피디였다면 다른
피디로 교체되었을지도 모른다.

오랜만에 찾아온 기회를 어떻게든 부여잡고자 사사건건 불만
인 유성미 작가를 다독여 가며 16부작 대본의 초안을 잡았다.

예상대로 수많은 사공이 초안을 건드리기 시작했고, 압박
속에서도 그는 노련하게 중간에 서서 조율하며 여러 번 파국
을 막아내고 촬영을 개시했다.

한데 시작부터 주연배우 강창구와 신인 조연 배우 김태웅이 시비가 붙어버렸고, 한국 최고의 대기업 삼원 그룹 회장까지 개입하면서 한순간에 모든 것이 날아가지 않을까 하는 공포에 시달렸다.

그런데 이후 상황은 뜻밖에도 강창구의 똘기가 잠잠해지고 신인 배우 김태웅의 연기가 날로 두각을 드러내면서 유성미 작가의 잠재력까지 폭발, 한순간도 눈을 뗄 수 없는 유쾌한 작품이 되어가고 있었다.

그런데 하필이면 올 한 해 최고의 기대작인 블록버스터 드라마와 경쟁하게 될 줄이야.

"내 팔자야. 이런 걸 보고 인생사 새옹지마라고 한다지?"

"왜 안 쓰던 문자를 쓰고 그러세요? 노인네같이."

옆자리에 앉은 유성미 작가가 타박을 주었다.

회의실 중앙에 떡하니 자리 잡고 있는 TV에서 마침내 '청춘은 맛있어!'의 예고편이 흘러나오고 있었다.

경쾌한 메인 OST와 함께 등장인물들이 차례로 익살스러운 포즈를 취하며 소개되었고, 이윽고 광고 화면으로 전환되었다.

숨이 턱밑까지 차오를 정도로 긴장되는 순간이었다.

*　　　*　　　*

태웅은 아르바이트를 하루 쉬고 자신의 첫 출연 드라마의 첫 회 방송을 기다리고 있었다.

그의 옆에는 여동생 태선과 오랜만에 집에 놀러온 스턴트맨 친구 박홍구가 앉아서 함께 운명의 순간을 기다리는 중이다.

광고가 끝나고 첫 회가 시작되자 세 사람은 미리 따라 놓은 맥주잔을 높이 들었다.

"사랑하는 내 친구 김태웅이의 첫 드라마! 대박 나라!"

"사랑⋯ 하진 않고 그냥 좋아하는 우리 오빠, 대박 나라!"

맥주잔이 허공에서 부딪치며 경쾌한 소리를 냈다.

이윽고 셋은 정신없이 테이블 위에 널려 있는 치킨과 피자를 흡입하기 시작했다.

"캬! 친구의 드라마를 보며 치맥을 즐기는 이 기분!"

"⋯그 기분이 뭔데?"

태웅은 어이없어하면서도 자신을 위해 기꺼이 축배를 들어주는 그가 고마웠다.

"오빠, 빨리 쭈욱 들이켜! 이제 건강해졌으니까 맘껏 마셔도 돼!"

"퇴원한 지 얼마나 됐다고 너무한 거 아니야? 나 아직 환자야."

"뭘 엄살이야? 헛소리하지 말고 마셔!"

잔이 넘쳐흐르도록 맥주를 따라준 태선이 흥겹게 외쳤다.

처음 깨어났을 때는 껴안고 엉엉 울더니만 지금은 다시 예전처럼 구박쟁이로 돌아온 여동생을 보며 태웅은 내심 흐뭇해졌다.

어찌 됐든 유일한 가족이니 행복하고 부유하게 만들어주고 싶었다.

배우로 성공하는 것보다 어쩌면 그게 더 원래의 태웅이 간절히 바라던 일이었으리라.

"그런데 드라마 재밌다! 이거 뜰 것 같은데?"

"그건 몰라. 워낙 경쟁 드라마가 삐까번쩍해서."

태웅이 일식 조리사 황갈로 첫 등장하는 신에서 태선과 홍구는 숨을 죽이고 감상했다.

일 분 남짓 되는 짧은 신이었지만 확실히 자신이 봐도 강렬한 인상을 주는 장면이었다.

"야, 너 이렇게 연기를 잘했어?"

"그러게. 무슨 미스터 초밥왕인 줄 알았네."

감탄하는 둘의 반응을 보며 태웅은 당연하다는 듯 고개를 끄덕였다.

"뭐, 저 정도 가지고."

"오빠, 확실히 일식집 다니면서 아르바이트 한 게 도움이 되긴 됐나 봐. 칼질이 장난이 아닌데?"

"그러게. 내가 낚시 가서 물고기 잡아올 테니까 회 좀 떠주
라. 아, 침 나와."

태웅의 신이 끝나자 태선은 핸드폰으로 드라마의 실시간
반응을 찾아봤다.

─저 일식 조리사 뭐냐? ㅋㅋㅋ 허세미 쩔어.

─초밥 삼수법 보고 빵 터짐. 이거 패러디 맞죠?

─솔까 제일 인상 깊었다. 앞으로 자주 나왔으면 좋겠다.

─일식집 주방 경력 3년 차인 내가 볼 때 현역인 것 같다. 요
리사가 드라마에 왜 나옴?

"오빠, 반응 완전 좋은데? 다들 오빠 얘기야."

"으잉?"

조금 의아했지만 곰곰이 생각해 보니 그럴 만도 했다.

가볍고 유쾌한 분위기에서 갑자기 진중한 검객처럼 폼을 잡
고 칼질하는 일식 조리사 연기가 도리어 시청자들에게 웃음
을 준 것 같았다.

'개그 연기 전문 배우로 뜨는 것도 나름 괜찮겠군.'

할리우드 대스타 라이더 베스일 때는 개그 연기를 할 기회
가 자주 있지 않았다.

워낙 잘생긴 외모와 스타성 탓에 웃기는 역할이 잘 들어오지 않았기 때문이다.

그제야 그는 자신이 요즘 촬영하면서 왜 그렇게 신이 나는지를 깨달았다.

스물여덟 편의 영화에 출연하면서도 안 해본 연기가 아직 많았다.

연기란 것이 그만큼 무궁무진한 세계여서일까?

지극히 평범한 배우 태웅의 몸이라면 그동안 하지 못한 배역과 연기를 할 수 있을 것 같았다.

'꽤나 재밌겠는걸. 너무 잘생긴 얼굴이면 배역에 한계가 있으니…….'

주인공 한해 역의 강창구가 TV 화면에 모습을 드러내자 태선이 몸을 부르르 떨었다.

"어우, 느끼해."

"응? 넌 쟤 안 좋아해?"

"어. 나 쟤만 보면 너무 기름져서 닭살 돋아. 왜 인기 많은지 모르겠어."

태선은 취향이 조금 독특해서 남들이 좋아하지 않는 타입의 사람을 좋아했다.

찌질하고 소심하며 은둔형 외톨이 같아 보이는 연예인들의 몇 안 되는 팬 중 하나였다.

"왜? 엄청 잘생기고 키도 크고, 머리부터 발끝까지 완벽하지 않냐? 난 저렇게 생겼으면 소원이 없겠다. 아마 성격도 좋을 거야."

홍구가 부러운 듯 말했다.

'이 녀석, 역시 사람 보는 눈이 없군.'

하지만 역시 떠오르는 슈퍼스타인 강창구의 인기는 대단한 듯 인터넷상에는 온통 그에 대한 찬양으로 도배되었다. 물론 대부분 열광적인 팬들이 올리는 글이었지만.

반면 상대 역인 여주인공 방현아 역의 나진영에게는 질시 섞인 독설이 쏟아졌다.

—나진영, 졸라 인조인간 아님? 코에 분필 티 너무 난다.

—연기도 로보트급. 말투 완전 뻣뻣함.

—몸도 뻣뻣한데? 아이돌 연습생 출신이란 것도 뻥 아님?

—급이 너무 떨어진다. 우리 창구만 혼자 빛나는 듯.

'아주 웃기고들 있군.'

SNS를 보고 나니 왠지 다음 촬영 때 강창구를 거하게 굴리고 싶은 충동이 일었다.

첫 회가 끝나고 나서 인터넷 게시판을 돌아다녀 본 결과 드라마에 대해서는 신선하고 재미있다는 평가가 대부분이었다.

지금껏 보지 못한 느낌의 콘셉트라는 얘기가 많았는데, 사실 이런 평을 듣는 드라마는 소수 취향인 경우가 많아서 대중적으로 큰 성공을 거두기는 어려웠다.

하지만 '청춘은 맛있어!'는 그러한 부분에서 조금 더 대중적으로 다가서기 위해 적당한 클리셰와 개그를 가미하여 어느 정도 넓은 시청자 층을 확보할 수 있을 것 같았다.

'바보 콤비인 줄 알았는데 나름 능력이 있군.'

그는 김광록 피디와 유성미 작가를 떠올렸다.

드라마 최고의 실권을 쥐고 있다는 피디와 작가치고는 촬영장에서 이리 치이고 저리 치이는 꼴이 안쓰럽기도 하지만 한편으론 한심해 보이기도 했다.

그러나 결과물을 보자 재능과 감각이 탁월한 것은 인정해야 할 것 같았다.

나쁘지 않은 스타트인 건 틀림없었다.

동시간대 타 방송국의 드라마가 너무 대작이라 그렇지.

*　　　　　*　　　　　*

라이벌 드라마인 '그날이 온다'의 반응은 두 갈래로 갈렸다.

기대만큼 대작 냄새가 솔솔 난다는 평이 있는가 하면, 뜻밖으로 실망스럽다는 평도 있었다.

'이것 봐라? 이러면 해볼 만할 것 같은데?'

드라마의 성패 여부는 1~2화에 갈린다고 할 정도로 초반부 완성도와 재미는 중요했다.

무엇보다 어떻게 시청자에게 최대한 강렬한 인상을 주느냐가 핵심이었다.

압도적으로 발릴 줄 알았는데 지금의 반응으로 보면 그리 크게 밀리며 시작한 것은 아니었다.

그렇다고 해도 시청률 대결에서 이길 수 있을지는 미지수였지만.

'다른 미션이라도 생겨야 할 텐데. 남은 라이프 포인트가……'

태웅은 슬슬 미션에 대한 압박이 엄습해 오는 것을 느꼈다.

총 85의 라이프 포인트가 남아 있으므로 아직까지는 걱정할 수준은 아니다.

하지만 능력치를 업그레이드하거나 기억 일부분을 떠올리는 데 라이프 포인트를 쓰기에는 조금 부족한 감이 있었다.

16화로 끝나기 때문에 종영일은 대략 두 달 후가 된다.

그때 시청률 대결에서 승리한다면 포인트가 넉넉해지겠지만, 만약 패배하기라도 한다면 포인트가 감소할 테니 분명 부족해질 터였다.

'어이, 시스템. 너 꼴리는 대로만 하지 말고 뭔가 가이드를

주라고. 난 미션이 생길 때까지 마냥 기다리고 있어야 하는 거야?'

마음속으로 불평을 늘어놓자 마치 기다렸다는 듯 익숙한 기계음이 귓가에 울려 퍼졌다.

[배우의 꿈 시스템 초보자 가이드를 시작합니다.]
[궁금하신 점을 말씀해 주세요.]

'으잉? 이건 또 뭐야?'
잠시 당황했지만 생각해 보니 좋은 기회가 아닐 수 없었다.
'도대체 미션을 어떻게 추가해야 하는데?'
그의 질문에 시스템이 망설임 없이 대답했다.

[미션은 다양한 상황에서 주어지며, 특정 NPC에게서도 입수할 수 있습니다.]
[NPC란 당신과 직간접적으로 인연이 있는 인물을 뜻합니다.]
[배우의 꿈을 이루는 것과 관련 있는 미션이 생성됩니다.]

'인연이 있는 인물?'
그는 누가 적합할지를 곰곰이 생각해 보았다.
자신과 인연이 있고 배우로 성공하는 데 도움을 줄 만한 사람.

꼭 도움이 안 되더라도 계기만 제공해 줘도 좋다.

한참을 생각하던 그는 문득 무릎을 탁 쳤다.

'그래, 내가 왜 그 사람을 까먹고 있었지?'

*   *   *

처음에는 삼원 그룹 강부식 회장을 떠올렸지만, 그에게 가서 뭔가를 요구하는 것은 왠지 구걸하는 것처럼 느껴져 자존심이 허락하지 않았다. 게다가 아직 강창구에 대한 교육도 제대로 끝나지 않은 상황에서 또 찾아간다면 실없는 놈 취급을 받을 수도 있었다.

이미 강창구의 수업료로 임기환 감독의 치부에 대한 자료도 건네받은 이상 도도함을 유지하는 것이 좋았다.

그다음으로 떠오른 것은 원로 배우 고강호였으나, 지금 당장은 딱히 찾아갈 만한 명분이 없었다. 그가 오라고 했다고 해도 말이다.

마지막 대화를 나눌 때 소속사가 있냐고 물어본 걸로 봐선 기획사를 소개해 줄 수도 있을 것 같았지만, 태웅은 이름이 알려진 대형 기획사에는 아직 들어갈 생각이 없었다.

사실 기왕 다시 배우 생활을 하게 됐으니 기획사까지는 안 들어가더라도 스케줄 관리와 기타 이것저것 해줄 매니저가 필요했다.

배우가 직접 출연할 드라마나 영화에 접촉하고 돈벌이를 위해 행사나 CF 같은 걸 잡기는 역부족하다.

뭐든 믿을 만한 담당자를 두어 맡기는 편이 좋았다.

바로 그게 문제였다.

'믿을 만한 인간이 어디 있어야 말이지.'

그래서 연예인들은 가족이나 가까운 친구, 친인척이나 선후배에게 스케줄 관리나 돈 관리를 맡기기도 하지만 그래도 대부분 말썽이 생긴다.

하여 태웅은 철저하게 공적인 관계로 깔끔하게 일해줄 사람을 필요로 했다.

전생에서는 그의 곁에 언제나 엘런이 있었다.

어릴 때부터 할렘가에서 함께 자란 친구이자 일 처리 또한 나무랄 데 없는 매니저.

지금 태웅의 곁에는 엘런에 비견될 만한 사람이 없었다.

하지만 적어도 일을 깔끔하게 해줄 열정 넘치는 사람은 알고 있다.

바로 태웅의 액션스쿨 동기이자 지금은 1인 매니지먼트를 차려서 발에 땀나게 뛰고 있는 스물여덟 살 청년 정윤철이다.

예상대로 그를 떠올리자 바늘 가는 데 실 가듯 시스템의 메시지가 떴다.

[미션: 매니저를 구하거나 기획사에 들어가세요.]
[사기꾼 매니저나 사기 기획사일 경우 페널티가 부과됩니다.]
[노예 계약이나 불공정 계약을 맺는 경우에도 페널티가 부과됩니다.]

'미션이란 게… 자동 호구 방지 시스템인가?'

사실 이전에는 기획사에 들어갈 생각이 없었다.

무엇보다 자유가 없이 회사가 잡은 스케줄에 끌려다녀야 한다는 것이 마음에 들지 않았다.

그리고 큰 회사라면 신인에게 고압적인 분위기일 수도 있기에 내키지 않았다.

하지만 정윤철의 매니지먼트는 아직 영세한 데다 제법 친한 사이라서 어느 정도의 자유는 보장될 것 같았다.

무엇보다 그의 사람 됨됨이가 마음에 들었다.

말이 많진 않지만 재미있고 호감을 주는 타입으로 진실성만큼은 믿을 만했다.

처음 그가 기획사를 차렸다는 말을 들었을 때 의외였다.

현란하게 말을 잘하는 영업자 타입도 아니고, 그렇다고 자본이나 인맥이 빵빵하지도 않은데 이렇게 험난한 연예계에서

버텨 나갈 수 있을까?

'영업 능력 같은 건 별로여도 돼. 내가 필요한 건 믿을 수 있는 매니저니까.'

그는 자신의 능력으로 언제든지 배우로서의 성공을 거둘 자신이 있었다.

작품이나 CF, 행사 같은 건 인기를 끌게 되면 알아서 들어오기 때문에 딱히 기획사의 영업 능력이 대단하지 않아도 된다.

＊　　　　＊　　　　＊

다음 날 아침 그는 바로 정윤철에게 전화를 걸어 약속을 잡았다.

정윤철은 갑작스러운 연락에 의아해하긴 했지만, 태웅이 그간의 일을 얘기하자 놀라며 밥을 쏘겠다고 했다.

정윤철의 1인 기획사 '실버문 엔터테인먼트'는 합정역의 작은 빌딩에 위치하고 있었다.

자그마한 사무실이었지만 신축 빌딩이라 그런지 깔끔했다.

"얘긴 들었다. 사고 당하고 누워 있었다면서? 못 찾아가서 미안하다."

액션스쿨 출신이지만 스턴트맨을 그만둔 지 꽤 된 데다 태웅의 사고 당시 외국에 나가 있던 터라 병문안을 오지 못했는데, 그것을 아직 마음에 두고 있었다.

"괜찮아. 별로 심각한 것도 아니었으니까."

"안 심각했다고? 너 혼수상태였다던데?"

"그러니까. 죽지도 않았잖아?"

"하하하, 너 많이 변했구나. 하긴 그런 일 겪었으면 어지간한 일은 우습게 보이겠다."

호쾌하게 웃으며 그는 직접 핸드드립으로 내린 원두커피를 태웅에게 내밀었다.

은은한 커피 향이 사무실의 분위기를 부드럽게 만들어주었다.

"그래서 앞으로 스턴트는 계속할 생각이야?"

"아니, 관뒀지. 대신 연기를 제대로 해보려고."

"맞다. 너 드라마 나왔다고 하던데. 홍구한테 들었어. 맛있으니까 청춘이다던가?"

"…청춘은 맛있어야."

뜬금없는 자기 계발서 느낌의 제목을 얘기하는 윤철을 보며 태웅은 피식 웃었다.

"연기라… 하긴 나이도 들어가는데 스턴트를 오래할 수도 없고… 사고까지 당했으니 싫겠다. 소속사는 있고?"

"그래서 말인데… 혹시 연예인 안 필요하냐?"

"우리 회사 말하는 거야?"

윤철이 뜻밖이라는 듯 눈을 크게 떴다.

스턴트맨 출신 대표가 세운 1인 기획사에 오려는 연예인이 없었기에 그는 가능성 있는 신예들을 발굴하는 데 집중하고 있었다.

하지만 그마저도 회사의 포트폴리오가 없다 보니 쉽지 않았다.

가뜩이나 기획사 사기도 많아서 일반인에게 제의를 해봐도 일단 의심의 눈초리를 거두지 않았다.

이것저것 캐묻고 인터넷을 검색해 보고는 수상쩍다며 거절하기 일쑤였다.

차린 지 6개월이 넘었지만 실버문 엔터테인먼트의 소속 연예인은 1명, 연습생은 고작 두 명이었다.

"물론 필요하지. 달랑 한 명 가지고 기획사라고 명함 내미는 것도 쪽팔리는 일이야. 그런데 왜? 너 혹시……."

"그래. 나 너희 회사로 영입 좀 해라."

그 말에 윤철이 반색했다.

이런 조그만 기획사에 제 발로 찾아오는 배우가 있다니!

사실 액션스쿨 동기에 몇 번 안면이 있어 말을 놓고 있긴 하지만, 둘은 사실 친한 관계는 아니었다.

단둘이 술 한잔한 적도 없고 연락처 정도만 알고 있을 뿐이다.

그런데 다짜고짜 와서 뭘 믿고 계약을 하겠다는 건지 윤철은 의아하기 짝이 없었다.

"나야 고맙지. 그런데 왜 이런 조그만 곳에 들어오겠다는 거야? 너 정도면 앞으로 유망하지 않나?"

"그래봐야 이제 막 드라마 하나 출연한 신인 배우일 뿐인데, 뭐. 그리고 무리한 스케줄에 끌려다니는 건 내 스타일이 아니야. 난 좀 자유롭게 활동하고 싶거든."

"우리 회사에서 일하면 그런 부분은 만족스러울 거야. 난 자유방임주의거든. 물론 앞으로 회사가 커지면 철저히 관리해야 할지도 모르지만 지금은 그럴 입장이 아니니까."

"오케이, 아주 마음에 든다. 그럼 어서 계약해."

거침없는 태웅의 태도에 윤철은 얼떨떨했지만, 어쨌든 지금은 소속 연예인 한 명이 아쉬운 처지였기에 흔쾌히 고개를 끄덕였다.

"그럼 계약 조건 말인데……"

이 부분에서 윤철의 목소리가 잦아들었다.

그리 큰 회사가 아니었고 자금 상황도 여의치 않았기에 대표인 그가 해줄 수 있는 것이 많지 않았기 때문이다.

"일단 신인은 7 대 3이야. 하지만 너라면 8 대 2까지 해줄 수 있어. 아직 별 볼 일 없는데 와준 거니까 말이야."

그 말에 태웅은 고개를 저었다.

"왜? 그걸로 부족해?"

"아니. 그냥 6 대 4 해라."

"엥? 그게 무슨 소리야?"

"네가 4 가져가라고. 나는 6이면 돼."

더 주겠다는데도 거절하고 도리어 더 가져가라니?

윤철은 황당했지만 뭔가 이유가 있겠거니 하며 다시 물었다.

"야, 내가 아무리 사정이 급하다지만 그래도 아는 사람 배분율을 후려치면 되겠니? 업계 사람들이 들으면 욕해. 네가 아니라 날 위해서 그러는 거니까 그냥 받아라."

그 말에 태웅은 순순히 납득했다.

다른 사람들에게 계약 조건에 대해 떠들고 다닐 그는 아니었지만, 어찌 됐든 윤철에게 피해를 줄 여지를 남길 이유는 없었다.

"좋아, 그럼 7 대 3. 깔끔하게 가자."

그 자리에서 계약서를 작성한 태웅은 실버문 엔터테인먼트 소속 연예인이 되었다.

"내 입으로 이런 말 하기 그렇지만, 넌 땡잡은 거다. 앞으로 잘 부탁드립니다, 정 대표님."

"하하하! 그래, 고맙다. 정말 그런 거면 좋겠다. 저도 잘 부탁드립니다, 김 배우님."

둘은 실버문 사무실에서 중국요리와 소주로 조촐하게 자축 파티를 했다.

갑작스레 소속 배우 한 명을 얻은 윤철은 기분이 무척 좋아 보였다.

취기로 달아오른 그의 얼굴을 보니 태웅은 내심 뿌듯한 기분이 들었다.

이제 매니지먼트에 귀찮고 번거로운 일을 맡긴 후 그 대가로 회사에 큰 이익을 가져다주면 된다.

부지런함과 성실함, 정직함을 겸비한 윤철이라면 함께할 만했다.

[미션을 달성하였습니다.]

[보상으로 라이프 포인트 20이 주어집니다.]

[추가 보상으로 패시브 스킬 '매니지먼트―매의 눈'이 개방되었습니다.]

'이건 또 뭐야? 매니지먼트 스킬?'

〈매의 눈〉

연예계 각 분야에서 뛰어난 재능을 가지고 있는 유망주를 선별

할 수 있는 능력입니다.

메뉴창에서 살펴보니 배우인 자신에게는 쓸데없는 능력이었다.

'이건 기획사 대표나 캐스팅 매니저한테나 어울리는 능력이잖아? 하여튼 일관성하고 줏대는 엿 바꿔 먹은 시스템이군.'

일종의 사람 보는 눈이었지만, 자기보다는 윤철에게 더 어울리는 능력이었다.

"무슨 생각을 그렇게 해? 마셔!"

탕수육을 소스에 찍어 먹으며 윤철이 태웅의 빈 잔에 소주를 채웠다.

부먹이 아니라 찍먹인 스타일까지 두 사람은 통하는 데가 있었다.

'좋아, 이제부터 한국의 엘런으로 키워보자.'

그렇게 두 사람의 축배의 밤은 깊어져 갔다.

＊　　　　　＊　　　　　＊

9월 2일 토요일 밤, '청춘은 맛있어!' 2회가 방송되었다.

1회에 파격적인 등장으로 관심을 끈 태웅은 2회에서 세 번의 신에 등장했다.

첫 번째 신에서 여주인공 방현아 역할의 나진영이 불이 난 조리학과 실습실에 소화기를 뿌리는 장면은 그야말로 코믹하기 그지없어서 그녀의 안티이던 이들도 돌아설 정도였다.

'나진영 쟤도 꽤나 뜨겠는걸. 알 수 없는 매력이 있어.'

태웅은 본방에서도 톡톡 튀는 그녀를 인상 깊게 지켜보았다.

드디어 문제의 세 번째 신.

사이비 종교 단체에 속아서 간 황갈이 사대호법인 주작의 사기를 알아차리곤 교단을 탈출하는 장면이다.

피디와 작가는 물론 촬영장의 모두가 감탄한 액션 연기가 불을 뿜자 실시간으로 인터넷 반응을 검색하고 있던 동생 태선이 소리를 지르며 호들갑을 떨었다.

"오빠, 대박이야! 진짜 대박 났어! 인터넷 실시간 검색어에 떴다구!"

"거 참, 시끄럽네. 그 정도야 당연한 일이지."

타박을 주었지만 그녀는 듣는 척도 안 하고 여기저기 전화를 걸기 시작했다.

"응, 미영아! 우리 오빠 검색어 올랐다! 아, 너도 봤어? 엄청 웃기지?"

'정말 여동생이란 피곤하군. 후후.'

그는 느긋하게 머리를 쓸어 올렸다.

그냥 극의 재미를 살려주는 양념 같은 조연 배우로 출연했을 뿐인데, 단번에 이렇게 화제가 되어버렸다.

타고난 스타성이 바뀐 몸에서도 발휘가 되는 것인지…….

—우와, 진짜 미쳤다. 액션 배우세요?

—무슨 소림사 주방장도 아니고… 액션 개쩔어.

—저 정도면 대역 아님? 아무리 봐도 대역 의심됨.

—검도 경력 3년인 내가 보기에 저 정도면 유단자임. 그런데 한국에서 이도류 가르치는 데가 있냐? 그것도 식칼로?

원로 배우 고강호의 특별 출연이 깡그리 묻힐 정도로 황갈역을 맡은 태웅은 불과 2회 만에 화제의 인물이 되었다. 라이벌 드라마인 '그날이 온다'의 연기파 배우들을 짧은 순간 실시간 검색어 순위에서 앞지르는 기염까지 토했다.

'청춘은 맛있어! 일식 조리사', '쌍칼 요리사' 등의 키워드로 포털 사이트 검색어 순위를 장식하는 것을 보고 흐뭇한 미소를 짓던 태웅은 한 가지 결정적인 사실을 발견하곤 화들짝 놀랐다.

"포털 사이트에 프로필을 등록 안 했잖아!"

*　　　　　*　　　　　*

"윤철아, 아니, 정 대표님. 나 포털에 배우 프로필 좀 등록해 줘."

"그거 아직 안 했어? 오케이. 근데 너 프로필 사진 있냐?"

"아차차……."

태웅은 아직 제대로 된 프로필 사진 하나 없는 자신의 처지를 깨달았다.

"일단 내가 스튜디오 하나 섭외해 둘게. 그래도 명색이 우리 회사 2호 연예인인데 근사하게 하나 뽑아줘야지."

"고마워."

하지만 나중에 사진을 교체하더라도 급한 대로 등록에 쓸 사진이 필요했다.

태웅은 고심 끝에 예전에 이력서용으로 뽑아둔 반명함판 사진을 윤철에게 메일로 보냈다.

"이게 뭐야? 사진이 이것밖에 없어?"

"재밌잖아. 그거 화제가 될 것 같지 않아?"

"그렇긴 한데……."

기업 면접용으로 정장까지 입고 2 대 8 가르마를 하고 찍은 파란 배경의 사진이었다.

아마 이런 사진을 포털 사이트 프로필 사진으로 걸어둔 연예인은 없으리라.

이제 자신을 검색하고 난 후 황당해할 사람들의 반응을 생각하며 태웅은 혼자서 쿡쿡대며 웃었다.

*   *   *

"김 군아, 왔냐!"

아르바이트를 하러 일식집에 도착하자 사장이 반가운 얼굴로 맞아주었다.

"너 드라마 나온 거 봤다. 연기가 아주 끝내주더만."

"에이, 뭘요. 그 정도야 기본이죠."

"근데 너, 칼질이 예사롭지 않던데 언제 그렇게 늘은 거야? 대역이야?"

"아뇨. 제가 직접 했어요."

"그래?"

사장은 잠시 뭔가를 생각하는 듯하더니 그에게 손짓했다.

"너 잠깐 주방으로 와볼래?"

주방으로 향한 사장이 심각한 얼굴로 태웅에게 말했다.

"너 주방 메인 좀 볼 수 있냐? 네 사수가 교통사고 당해서 입원했단다. 한참 못 나올 것 같은데 셰프를 구한다고 해도 며칠은 공백이 있을 거라… 너, 일식 요리 좀 한다고 그랬지?"

"…네, 좀 해요."

"그래?"

사장은 면접 때 그의 칼질 정도를 봤을 뿐 얼마나 실력이 있는지 파악 못하고 있었다. 그때는 주방 보조를 뽑는 면접이었기에 그랬지만, 메인을 맡기려면 어지간한 실력으로는 어려웠다.

"일단 테스트 좀 해보고 쓸 만하면 바로 메인 줄 테니까 며칠만 고생해라. 알았지?"

사장의 얼굴에 화색이 도는 것을 보면서 태웅은 내심 미소를 지었다.

'이참에 아예 메인을 꿰차야겠다. 월급을 훨씬 더 많이 받으니까.'

사장과 함께 주방으로 간 태웅은 도마 앞에 서서 식칼을 들었다.

'미친 습득력' 스킬 덕분에 현재 그의 일식 요리 능력은 70%.

100%면 세계적인 명인 수준이다.

그렇다면 이 정도 규모의 일식집 주방쯤은 씹어 먹을 만큼의 실력이다.

"시작하겠습니다."

태웅의 유려한 칼질이 시작되었다.

도마 위에서 꿈틀거리고 있던 광어가 그의 현란한 손놀림에 신속하게 해체되었다.

"저, 저거⋯⋯!"

사장은 물론이거니와 태웅과 비슷한 처지인 주방 보조들 모두 그 모습을 보고 놀랐다.

"와, 태웅 형님 솜씨 쥑이네. 어떻게 저런 실력을 숨기고 있었대?"

홀 서빙 담당이 입을 쩍 벌리고 감탄했다.

'뭔가 임팩트를 줘야겠군.'

단순히 초밥만 만들어도 지금 상황에서는 게임 끝이겠지만, 그는 뭔가 화려한 퍼포먼스를 하고 싶었다.

"김 없는 성게 알 초밥을 만들겠습니다."

"김 없는 성게 알 초밥?"

주방 보조들이 의아한 표정을 지었다.

물렁한 성게 알은 김으로 감싸야만 초밥의 형태를 띠는데 그게 가능하다니?

태웅은 군더더기 없는 동작으로 서너 번 만에 밥을 쥔 후 그 위에다 성게 알을 절묘하게 올려놓았다.

마치 김 없는 군함 초밥 같은 형태였다.

"우와! 저거 만화에서 본 거 같아!"

지켜보던 아르바이트생들이 탄성을 내질렀다.

사장 역시 입을 쩍 벌리곤 감탄했다.

"다 했습니다만."

여유 있는 미소를 짓는 태웅을 보며 사장은 뭔가에 홀린 사람처럼 다가왔다.

태웅이 뜬 회와 초밥을 집어 입에 넣은 그의 얼굴이 벅찬 감동으로 물들었다.

"저, 정말 맛있어! 이 정도면 유명 호텔의 것과 비교해 봐도 밀리지 않을 거야!"

'그렇겠지.'

태웅은 단숨에 가게의 메인 셰프로 격상했다.

*   *   *

〈드라마 '청춘은 맛있어!'의 일식 조리사 황갈 역의 배우 김태웅, 실제 요리사로 밝혀져!〉

포털 사이트 연예 카테고리에 뜬 기사를 보며 김광록 피디는 환호성을 터뜨렸다.

2회 만에 단박에 화제의 드라마로 올라설 줄은 예상 못했다.

그중 팔 할 정도는 크게 비중 없는 조연 배우인 김태웅 때문이었다.

'청춘은 맛있어!'의 방영 첫 주 평균 시청률은 4퍼센트로 케이블 드라마치고는 대단히 양호한 성적이었다.

동시간대 라이벌 드라마인 '그날이 온다'의 첫 회 시청률은 무려 5.6퍼센트로 '청춘은 맛있어!'를 훨씬 앞섰지만, 2회에서는 4.2퍼센트로 하락하며 김빠진 행보를 보였다.

첫 회의 시청률이 높았던 것은 제작비 120억을 투자한 웰메이드 드라마라는 기대감이 준 효과였지만 다음 회에 바로 1.4퍼센트가 깎였다는 것은 그만큼 실망이 컸다는 뜻이기도 하다.

실제로 그날이 온다는 너무 힘이 많이 들어가서 드라마적인 재미를 많이 떨어뜨렸다는 평이 나오고 있었다.

지나치게 복잡한 사건과 배우들의 과한 연기로 인해 보기 부담스럽고 이해하기 어렵다는 감상평도 많았다.

하지만 역시나 대작 드라마라는 점은 강력한 흥행 요소였고, 본격적으로 사건이 전개되려는 조짐을 보였기 때문에 시청률 대결은 이제 막 시작이었다.

'설마 진짜 그날이 온다를 이기는 건 아니겠지? 아니야… 김칫국 마시지 말자. 기대가 크면 실망도 큰 법이니까.'

중박만 쳐도 다행이라고 생각했기에 그는 애써 들뜨려는 마음을 다잡았다.

"유 작가, 김태웅 씨 비중 좀 많이 늘려야 할 것 같아."

"그렇잖아도 대본 다 뜯어고치고 있어요."

촉박한 수정 작업에 들어가면서도 유성미 작가는 절로 휘파람이 나왔다.

입봉 후 아직 변변한 히트작 하나 없는 그녀로서는 첫 주부터 성공할 조짐이 보이기 시작하자 의욕이 샘솟은 것이다.

드라마 작가 생활을 시작한 초창기에는 '독자들 반응 따위 뭐가 중요해? 작가의 소신으로 밀어붙인다'는 것이 그녀의 모토였다.

하지만 두 번 연속 쪽박을 차고 나서부터 그녀는 자신의 가치관을 머리부터 발끝까지 뜯어고치기 시작했다.

작가의 자존심 때문에 두 달 치 월세가 밀리고 카드 값을 연체하여 신용불량자가 됐다면 당연히 다르게 살 필요가 있었다.

드라마는 언제나 트렌드를 고려해야 하고, 시청자들의 피드백을 즉석에서 받아들여 극에 반영해야 한다.

시청자들에게 카타르시스를 주지 못하면 곧바로 시청률 폭락이라는 냉엄한 현실과 맞닥뜨리게 된다.

그렇기에 그녀는 숱한 사공들의 참견에 스트레스를 받으면서도 대본을 뜯어고치고 계획에도 없던 캐릭터를 집어넣었다.

뜨는 캐릭터가 있다면 중간에 비중을 늘리고 매력을 부여한다.

시청률을 위해서라면 이제는 악마에게 영혼이라도 팔 수 있었다.

"아 참, 태웅 씨 신에 PPL 하나 넣어보자."

피디의 제안에 그녀는 의아해져서 반문했다.

"조금 이른 거 아니에요? 광고주들은 창구 씨 장면에 나오는 걸 원하던데."

"PPL이 한둘도 아니고 다 강창구 신에 넣을 수는 없잖아. 아직 나진영이는 조금 인지도가 약해서 광고주들이 딱히 선호하지도 않을 거고."

"…하긴. 마침 적당한 게 있긴 하네요."

매사 한량에 닳고 닳은 능구렁이이긴 하지만 나름 대중적인 감각을 지니고 있는 김광록 피디의 의견에 그녀는 군소리 없이 수긍했다.

'PPL 소화하는 것도 능력인데… 부디 잘해줘야 할 텐데.'

그녀는 걱정이 되는 한편으로 마음 한구석에서 은근히 태웅에 대한 기대감이 피어오르는 것을 느꼈다.

*　　　　　*　　　　　*

드라마로 인해 인지도가 올라가고 화제의 중심이 되는 것은 좋았지만, 태웅은 그에 따른 반작용을 벌써부터 피부로 체감하고 있었다.

"어? 황갈이다! 황갈 맞지?"

"대박! 나 연예인 실물로 처음 봐!"

"근데 TV보다 훨씬 나은데? 드라마에서는 그냥 찐따같이 나왔는데 실물은……."

"야, 조용히 말해. 다 들려."

아르바이트가 끝나고 집으로 가는 와중에도 곳곳에서 태웅을 알아본 이들이 수군대거나 핸드폰으로 몰래 사진을 찍어댔다.

'벌써부터 이렇게 되면 곤란한데.'

물론 라이더 베스일 때 파파라치와 대중들의 시선에 시달린 것에 비하면 새 발의 피, 발톱의 때만큼도 안 됐지만 슬슬 옛날 생각이 나게 하니 짜증이 나는 것은 어쩔 수 없었다.

'어디 보자. 라이프 포인트가 103이 남았네. 미션 나타나게 하는 법도 알았으니 슬슬 업그레이드해 볼까?'

다음 업그레이드로 점찍어둔 능력은 바로 '미친 지구력'이었다.

전생에서 그는 조깅을 좋아했는데, 파파라치들은 그가 뛰는 길에 잠복하고 있다가 갑자기 튀어나와 카메라를 들이댔다.

그때마다 그는 장시간의 전력 질주로 자신을 찰거머리처럼 따라붙는 파파라치들을 떨쳐내곤 했다.

대형 사고를 치고 난 후 경찰을 피해 달아날 때도, 기자회견을 마치고 지옥 끝까지 따라올 것처럼 몰려드는 기자와 대중들을 따돌릴 때도 그는 어마어마한 주력과 체력으로 그들을 따돌린 것이다.

[스킬 '미친 지구력'을 구입하는 데 총 30의 라이프 포인트가 소모됩니다.]
[구입하시겠습니까?]

조금의 주저도 없이 고개를 끄덕이자, 눈앞이 번쩍하며 시스템의 메시지가 들려왔다.

[남은 라이프 포인트는 73입니다.]
[구입 가능한 스킬이 추가됩니다.]

상점 메뉴에 추가 능력치가 생긴 것 같았지만 그는 한동안 보지 않기로 했다.

나중에 넘을 수 없는 현실의 벽에 봉착했을 때면 모를까, 지금으로서는 소소한 삶의 재미를 느끼고 싶었다.

'그나저나 확실히 뭔가 달라진 것 같은데. 어디 한번 시험해

볼까?'

미친 지구력의 영향인지 아르바이트로 인해 지쳐 있던 몸에 활력이 가득 차오르고 있었다.

발걸음조차 나는 듯 가벼웠다.

'전력 질주, 스타트!'

＊　　　　＊　　　　＊

이면 도로에 주차되어 있는 검은 승용차 안.

선글라스를 쓰고 태웅을 주시하던 다섯 명의 덩치는 갑자기 폭발적인 스피드로 뛰기 시작하는 태웅을 보고 화들짝 놀랐다.

"저거 뭐야? 왜 갑자기 뛰는 거야?"

그중 리더인 험악한 인상의 금발 남자가 운전석에 앉은 덩치를 향해 인상을 썼다.

"이 새끼! 빨리 안 밟고 뭐 해?"

"혀, 형님, 저 새끼 골목길로 뛰어가는데 말입니다. 저기는 차가 안 들어가는데요."

"이런 빌어먹을! 다들 내려! 오늘 저 새끼 못 조지면 우리도 죽는 거야!"

옹기종기 붙어 있던 다섯 명의 거한들이 차에서 내리자 지나가던 행인들이 움찔하며 그들을 피해 길 가장자리로 걸었다.

"빨리 잡아! 놓치면 죽는다!"

"네, 형님!"

그를 제외한 네 명의 덩치가 벌써 까마득한 점으로 보이는 태웅의 뒤를 따라 달리기 시작했다.

그 모습을 본 금발이 한숨을 쉬며 핸드폰을 꺼내 어딘가로 전화를 걸었다.

"창구 도련님, 저 김샛별입니다. 목표 확보했습니다. 반드시 오늘 쇼부를 보겠습니다."

한때 암흑가에서 불 주먹으로 이름을 날렸으며, 지금은 강창구의 수족 노릇을 하고 있는 풍운아 김샛별은 아련하게 보이는 태웅의 뒤통수를 보며 싸늘한 미소를 지었다.

*　　　　　*　　　　　*

"좋았어! 아예 집까지 뛰어가 볼까?"

온몸에 충만한 에너지를 느낀 태웅은 등 뒤에서 뭔가 이상한 기분을 느꼈다.

뒤를 돌아보면 지나가는 행인밖에 없었지만, 유달리 예민한 그의 감각은 뭔가 이상하다는 신호를 끊임없이 보내고 있었다.

티 나지 않게 힐끗 뒤돌아보니 검은 정장을 입은 덩치가 황급히 고개를 숙이는 것이 보였다.

'오호라? 이건 또 뭐지?'

누가 자신을 쫓는지 알 수 없었지만, 마침 새로 얻은 '미친 지구력'을 시험해 볼 좋은 기회가 아닐 수 없었다.

'아홉 시 방향에 하나, 다섯 시 방향에 둘, 여섯 시 방향에 하나. 몰이사냥하듯 조여오잖아?'

게다가 번화가를 지나 좁은 주택가 골목으로 들어선 그를 포위하려는 듯 남자들이 흩어지는 것이 보였다.

그렇다면 반대로.

갑자기 등을 돌려 대로변으로 달려가는 그를 본 덩치들이 황급히 뒤를 쫓아왔다.

"형님, 저 새끼, 아무래도 눈치 까버린 것 같은데요?"

"말할 틈 있으면 쫓아, 새끼야!"

행인들이 많은 대로변이다 보니 쏜살같이 달려가는 태웅과 그를 헐레벌떡 뒤쫓는 거한들의 모습은 눈에 띌 수밖에 없었다.

덩치들과 부딪친 행인들이 넘어지거나 비명을 지르는 통에 대로변은 난장판이 되었다.

그 와중에 지름길을 가로질러 태웅을 앞지른 덩치 하나가 솥뚜껑만 한 손을 휘둘렀다.

동물적인 반사 신경으로 고개를 숙여 피한 태웅은 잽싸게 그를 피해 오른쪽으로 달아났고, 뒤따라오던 다른 세 명 역시 숨을 헐떡이며 쫓아갔다.

'아니, 저런 병신들이… 저렇게 사람 많은 데서 뭐 하는 거야? 나 잡아가쇼 하고 시위하나?'

어느새 뒤따라온 김샛별이 멀리서 부하들의 모습을 보고 한숨을 내쉬었다.

그렇잖아도 눈길을 끌 만큼 험악한 인상들이 날뛰고 있으니…….

이미 여기저기에서 핸드폰 카메라로 사진이나 동영상을 찍어대고 있는 걸 보아 저들의 추태가 인터넷에 떠도는 건 시간 문제였다.

'제법 요리조리 잘도 빠져나가는군. 하지만 김태웅 넌 상대를 잘못 골랐어. 추격전의 신인 나에게 걸렸으니까.'

덩치들의 두목 김샛별은 황소 힘줄이라고 불리는 끈기와 인내심을 가진 사나이였다. 육중한 몸에 비해 날렵하고 지구력이 좋아 누군가에게 잡혀본 적도, 누군가를 놓친 적도 없었다.

'저쪽으로 간다면 아마… 모텔촌 사거리에 나타나겠군.'

이 근처의 지리는 이미 훤하게 꿰뚫고 있는 그였다.

제아무리 날다람쥐같이 도망간다고 해도 이쯤 되면 독 안에 든 쥐었다.

그는 슬슬 시동을 걸 듯 천천히 달리기 시작했고, 이내 우사인 볼트와 맞먹는 속도로 거리를 질주했다.

*　　　*　　　*

"너… 거기… 안 서……."

힘겹게 입을 연 떡대가 자리에 멈춰 서서 구역질을 했다.

이미 두목인 김샛별과 자신을 제외한 나머지 셋은 기진맥진하여 길바닥에 나동그라졌고, 체력에 자신이 있던 그조차도 이제는 명치 부근이 칼로 쿡쿡 찌르는 것처럼 아파왔다.

30미터 정도 떨어진 곳에서 여유 있게 제자리 뛰기를 하고 있는 태웅을 보며 그는 경악하지 않을 수 없었다.

'도대체 저 새끼 정체가 뭐야? 마라토너야?'

숨이 턱까지 차오르는 바람에 더 욕을 하고 싶어도 말이 나오지 않았다.

"어이, 돼지들! 그렇게 굼떠가지고는 나무늘보도 못 잡겠는데? 평소 운동들을 안 하나 봐? 그것 뛰고 폐렴이라도 걸린 듯한 낯짝들이라니."

"여유가 지나치군."

갑자기 나타난 구원군에 덩치의 얼굴에 화색이 돌았다.

그들의 두목이자 전설적인 주먹, 금발의 난폭꾼 김샛별이 골목 반대편에서 걸어오고 있었다.

자신들이 호흡 곤란에 걸리면서까지 저 다람쥐 새끼를 뒤쫓은 덕분에 김샛별이 그를 막다른 골목으로 모는 데 성공한 것이다.

"아저씨는 누구?"

여전히 태연하기만 한 태웅의 태도에 심기가 불편해진 김샛별이 낮은 목소리로 으름장을 놓았다.

"그건 알 거 없다. 그냥 널 저승으로 보낼 저승사자라고만 알아둬."

"저승사자치고는 너무 이국적인데? 머리도 노랗고 생긴 것도… 웨어 아 유 프롬?"

자신의 콤플렉스를 자극하는 말에 김샛별의 눈썹이 꿈틀거렸다.

그의 금발은 염색한 것이 아니라 타고난 것이었다.

외가 쪽 미국인 친척의 영향인지 태어날 때부터 그는 유독 노란 머리가 많았고, 그로 인해 학교 다닐 때 선생들로부터, 친구들로부터 튀기라며 숱한 놀림과 오해를 받았다.

물론 태웅이 그걸 알고서 한 것은 아니지만 결과적으로 김샛별의 전의를 자극한 꼴이 되어버렸다.

"여긴 막다른 골목. 더 이상 피할 구석은 없을 거다. 저항하

지 않으면 그냥 곱게 다리 한두 개 정도만 부러뜨려 주는 걸
로 끝내지."

"다리 한두 개면 다 부러뜨리겠다는 거잖아? 다리가 서너
개인 사람도 있나?"

말끝을 붙잡고 늘어지는 상대에게 흔들리지 않으려 심호흡
을 한 김샛별은 두 주먹을 움켜쥐고 앞으로 천천히 걸어갔다.

"너네, 강창구가 보낸 애들이지?"

그 말에 김샛별이 잠시 멈칫했다가 싸늘하게 웃었다.

"아닐 수도 있고 그럴 수도 있고."

"맞네. 젠장. 그 새끼, 아무래도 안 되겠네. 제주도 흑돼지
화장실에 데려가 대가리를 박아줘야겠어."

"무례하기 짝이 없군. 다 나불댄 건가?"

"할 말은 많지만 그건 나중으로 미루도록 할게. 지금은 일
단 내가 좀 바빠서."

태웅은 주위를 둘러보았다.

주택가 높은 담장으로 둘러싸인 데다 길 양쪽은 덩치 둘이
가로막고 있는 상황.

어찌어찌 덩치 쪽을 처리할 수는 있겠지만 단번에 제압하
긴 어려워 보였고, 그 틈에 저 김샛별이라는 남자가 접근한다
면 위험해질 가능성이 컸다.

그렇다고 해서 일대일 대결을 펼치기에는 상대가 너무 강해

보였다.

'예전 능력만 되찾으면 저런 놈쯤은 한주먹거리인데… 일단은 도망쳐야겠다.'

문득 그는 한 가지 사실을 떠올리곤 회심의 미소를 지었다.

바로 자신의 전직.

'그러고 보니… 나, 스턴트맨이었지? 그것도 주특기가 야마카시!'

그는 바로 등 뒤에 높이 솟아오른 주택가 담장을 바라보았다.

분명 일반인이라면 엄두도 내지 못할 만한 높이.

하지만 이런 것쯤 그는 밥 먹듯 넘어오지 않았던가?

"저, 저거……!"

눈을 부릅뜨고 태웅의 탈출을 막으려던 덩치는 눈앞에 보이는 광경에 놀라 소리쳤다.

마치 메뚜기처럼 날렵한 몸놀림으로 태웅이 순식간에 담장을 타고 올라 넘어가 버린 것이다.

'말도 안 돼.'

오랜만에 화끈한 불 주먹을 개방하려던 김샛별은 입을 쩍 벌렸다.

하지만 그는 이내 황급히 담장 반대편의 위치를 떠올리곤 목표물을 뒤쫓아 달리기 시작했다.

조금 전과 같은 여유는 찾아볼 수 없는 다급한 얼굴이었다.

"혀, 형님, 저는 이제 못 따라가겠당께유……."

덩치가 후들거리는 다리를 부여잡으며 구슬픈 외침을 남기고 쓰러졌다.

*   *   *

"그랬단 말이지?"

"네. 어찌나 체력이 엄청난지 이미 맞붙기 시작할 때는 도련님 측 애들은 기진맥진한 상태였답니다. 결국 다섯 명이 죄다 호흡곤란으로 병원으로 실려 갔다고……."

"쯧쯧, 그래도 나름 기대를 했는데, 어째 하는 짓이 영 서툴러."

강부식 회장은 비서실장으로부터 브리핑을 들으며 혀를 찼다.

손자 강창구가 조연 배우 김태웅에게 혹독한 꼴을 당하고 있다는 것은 파악하고 있었다.

아무런 조치도 않고 그냥 지켜보고만 있던 것은 자신에게 호언장담을 한 김태웅이 어떻게 손자를 교육할지 궁금해서였다.

물론 더 큰 이유가 있다.

무엇보다 자신의 피를 이어받은 강창구가 어떻게 그 시련을 대처하고 극복할지 보고 싶었다.

어릴 때는 늘 곁에 끼고 살았을 정도로 영특하고 눈치가 빠른 손자였다.

그런데 어느 순간 엇나가기 시작하더니 갑자기 연예인이 되겠다며 속을 뒤집어놓았다.

그래도 나름 빵빵하게 지원을 해줬건만, 이제는 마치 모든 성공을 자기 힘으로 이룬 양 망나니처럼 굴기 시작했다.

이대로라면 삼원 가문의 일원으로 성장하기는커녕 크나큰 걸림돌이 되지 않으면 다행이다.

마약이나 도박, 섹스 스캔들로 곧 정계에 진출할 자신의 얼굴에 똥칠을 할 수도 있었다.

그렇게 되면 혈육의 정이고 뭐고 그냥 내쳐야 할 것이다.

이런 놈에게는 무엇보다 큰 자극이 필요했다.

자기보다 하등하다고 생각하는 사람에게 치욕을 당하는 경험을 반드시 해봐야 했다.

그렇게 쌓인 분노와 증오를 다스리는 법을 배우고, 법과 제도의 틀 안에서 집요하게 계획을 짜서 복수하는 과정을 통해 제왕 가문의 일원으로서 한 단계 성장할 수 있는 것이다.

그 과정 없이 우두머리가 되어봤자 돌아오는 것은 파국이었다.

이미 언론을 통해 하루가 멀다 하고 재벌 후계자들이 개망신을 당하고 있지 않은가?

대중들의 시선을 고려하지 않는 품위 없는 처신.

뿌리 깊게 박힌 특권 의식을 거침없이 드러내며 반감을 사는 태도.

그런 건 아무리 좋게 쳐줘도 이류밖에 되지 않는다.

대한민국에서 사회 지도층 인사들에 대한 국민들의 감정이 혐오를 넘어 증오에 가까운 것은 바로 그러한 이유에서 기인한다.

"똥파리들만 안 붙게 잘 커버하면서 지켜봐. 뭐, 차츰 나아지겠지."

언론에서 냄새를 맡고 시끄럽게 떠들기라도 하면 안 되기에 그는 비서실장에게 철저한 입단속을 지시했다.

비서실장이 나간 후 잠시 상념에 잠겨 있는데 누군가 문을 노크했다.

대답도 없는데 문이 열리며 들어온 것은 20대 중반으로 보이는 긴 생머리의 늘씬한 미인이었다.

"할아버지, 저 왔어요."

"오오, 지나 왔구나. 갑자기 들어와 누군가 했네."

감색 투피스 정장을 단정하게 차려입은 그녀는 바로 강부식 회장의 막내 손녀 강지나였다.

강창구의 친누나로 영특함과 눈부신 외모는 쌍둥이나 다름 없을 정도로 흡사했다.

하지만 훨씬 차분하고 냉철하며 품위를 지킬 줄 알고 사람 다루는 법을 아는, 어디 하나 빠지는 구석이 없는 재벌가의 영애이다.

미국 뉴욕주립대학교 경영대를 차석으로 졸업한 데다 5개 국어를 마스터한 재원이기도 했다.

'여자만 아니었다면 이 녀석만 한 후계자도 없는데.'

그녀를 볼 때마다 회장은 안타까운 마음을 금할 수 없었 다.

"연락도 없이 와서 놀라셨죠? 일부러 놀라게 해드리려고 요."

"허허허, 장난기는 여전하구나. 이 할아비 심장마비 걸리는 줄 알았다."

"어머, 그러시면 안 돼요. 건강하게 오래오래 사셔야 하는 데."

최고의 엘리트에다 배우 뺨치는 미인이었지만 소탈하고 애 교 많은 성격인 그녀는 주위에 늘 사람이 많았다.

아부로 들릴 수 있는 말도 진실되게 들리게 하는 보기 드 문 재능의 소유자다.

"어때, 한국 생활은 할 만하니?"

"그럼요. 오랜만에 홈그라운드에 돌아오니까 너무 좋아요."

"다행이구나. 허허허. 니 애비가 워낙 주변머리가 없어서 걱정 많이 했는데."

"아빠는 미국에서 뼈를 묻으려나 봐요. 자기는 천생 아메리칸 스타일이라나?"

그 말에 강 회장의 안색이 어두워졌다.

어릴 때는 기대를 한 아들이었건만, 미국 물을 먹고 난 후 할리우드 엔터테인먼트 사업에 진출하겠다며 대뜸 독립하여 나가서 연거푸 삽질을 하고 있었다.

회장의 기분을 눈치챈 지나가 할아버지의 팔짱을 끼며 환하게 웃었다.

"할아버지, 많이 바쁘세요? 저 맛있는 것 좀 사주세요."

"허허허, 당연히 사줘야지. 우리 지나가 왔는데 무거운 엉덩이만 붙이고 있을 순 없지."

그는 인터폰을 눌렀다.

"지나랑 점심 먹을 테니까 지금 바로 차 대기시켜."

"네, 회장님."

약 이십 분 후, 한정식집 VIP룸에서 두 사람은 오붓하게 점심을 먹었다.

"그러고 보니 너, 여기서 할 건 정했니?"

강 회장의 말에 지나는 망설임 없이 대답했다.

"저 엔터테인먼트 쪽 한번 맡아보려고요. 그렇잖아도 할아버지한테 말씀드리려고 했는데."

그 말에 회장은 고개를 끄덕였다.

아들 녀석이 쓸데없는 삽질을 하긴 했지만, 그 덕분에 손녀가 그 밑에서 일을 도우며 세계 최고라는 미국 영화 업계를 경험할 수 있었다.

"네 전공이랑은 상관없는 분야인데 괜찮겠니?"

"이쪽도 결국은 경영이니까요. 그리고 솔직히 제가 할 수 있는 분야가 많지 않기도 하고……."

21세기지만 여기는 대한민국 재벌가이다.

여자라는 한계가 명백하게 존재하기에 경영을 맡을 수 있는 분야도 한정돼 있는 것이다.

"조만간 자리 하나 내줄 테니까 한번 잘해봐. 이 할아비가 많이 밀어줄 테니까."

"고마워요, 할아버지."

"그러고 보니 네가 좋아하던 배우가 죽었다고 했지? 얼마 전에."

그 말에 반찬을 집던 그녀의 젓가락이 멈췄다.

"네… 정말 너무 슬펐어요. 한 달 내내 엄청 울었다니까요."

"그 정도냐? 우리 지나 마음을 아프게 할 정도면 참 대단한 놈인가 보지."

"정말 세계 최고, 아니, 역사상 최고의 대배우라고요. 말년이 너무 안 풀려서 그렇지."

회장은 빙긋 웃었다.

성숙하고 속 깊어 보이는 그녀지만 아직도 이런 소녀 같은 면이 있다.

"가만 있자. 그 친구 이름이… 이름이 뭐였더라?"

"라이더. 라이더 베스요."

첫사랑의 이름을 입에 올리는 양 그녀의 얼굴 가득 홍조가 피어올랐다.

S# 6
촬영을 재개시켜라!

'청춘은 맛있어!' 7회 촬영 시작 시간이 한참 지났지만, 아직도 촬영장은 대기 상태가 지속되고 있었다.

바로 주인공인 강창구가 돌연 몸이 좋지 않아 촬영할 수 없겠다고 통보해 온 것이다.

"진짜 더 이상은 못 참아. 그 인간 집에 쳐들어가서 멱살 잡고 끌고 나올 테니까 말리지 마세요."

유성미 작가는 정말로 그럴 생각인 듯 눈에 쌍심지를 켜고 씩씩댔다.

이제 드디어 드라마가 대박이 터지려는 조짐이 보이는데 또

주인공이라는 인간이 다 된 밥에 재를 뿌리고 있었다.

사람 좋은 김광록 피디마저도 한숨만 푹푹 쉬면서 어떻게 해야 할지를 모르고 있는 상황이었으니 스태프들은 오죽할까.

"아무래도 난 여기까진가 봐. 맨날 되려다가 안 되고… 또 될 것 같다가 안 되고… 이게 벌써 10년이야. 이번에는 잘되나 했더니만 역시 안 될 놈은 안 될……."

"시끄러워옷! 지금이 그렇게 넋두리나 하고 있을 때예요?"

갑갑해진 작가의 채근에 피디는 다시 전화를 걸어보았지만, 이번에는 아예 연결이 되지 않았다.

"별수 없지. 일단 강창구 없는 신부터 가자고. 그리고 FD, 빨리 ROD하고 매니저들한테 연락해서 강창구 씨 데리고 오라 그래."

만약 소속사에서도 연락이 안 된다면… 최악의 경우가 떠오르자 피디는 잠시 할 말을 잃었다.

*   *   *

아수라장이 된 촬영장 분위기를 태웅은 흥미진진하게 지켜보았다.

'강창구, 그러기에 왜 그랬냐? 사람이 죄 짓곤 못 사는 거야.'

지금까지는 충분히 죄짓고도 잘살았겠지만 이젠 아니다.

강창구는 덩치들을 동원해 태웅을 린치하려 한 일이 실패로 끝나고 이를 태웅에게 들키기까지 하자 두려움에 아예 두문불출해 버리기로 한 것이다.

무책임하기 짝이 없는 유아적인 행태였지만 지금으로선 그에게 뭐라고 할 수 있는 사람도, 강제로 끌고 나올 수 있는 사람도 이곳엔 없었다.

'촬영이 스톱되면 곤란해. 그렇다고 강창구를 용서할 수도 없는 노릇이고. 어떻게 한다?'

촬영장으로 오면서 태웅은 어떻게 강창구를 처벌할지에 대해 수많은 상상의 나래를 폈다.

만약 미친 지구력이 없었다면 다섯 명의 덩치에게 험한 꼴을 당했을지도 모른다.

그러니 결코 용서는 없었다.

'집에 처박혀 있겠다면 머리끄덩이를 잡아서 데리고 오는 수밖에. 그리고 그 망할 놈의 깡패들도 처리해야겠어.'

쓸데없는 후환을 남겨뒀다가는 골치가 아파질 수 있기에 그는 이번 기회에 강창구와 떨거지들 문제를 확실하게 정리해야겠다고 생각했다.

주먹들까지 써서 자신을 처리하려 했다는 건 자신을 포함해 동생 태선이나 친구에게도 무슨 짓이든 할 수 있는 놈이라는 뜻이기에 이번 기회에 반드시 굴복시켜야 했다.

[오늘의 미션: 강창구를 촬영장에 복귀시켜라 2가 시작됩니다.]
[자택에서 두문불출하며 촬영을 거부하고 있는 강창구를 촬영장으로 복귀시키세요.]
[실패할 경우 대량의 페널티가 주어집니다.]

시스템 메시지가 뜨자 이제는 반가운 기분까지 들었다.
성공만 한다면 많은 라이프 포인트를 얻을 수 있을 것이다.
실패한다면 대량의 페널티가 주어진다는 말이 걸리긴 했지만, 낙천적인 성격의 그는 성공할 경우만을 생각하고 있었다.
'좋았어. 꼭 그 망나니를 촬영장의 망부석으로 만들고 말겠어.'

＊　　　　＊　　　　＊

한편, 강창구는 자신의 집 문을 꽁꽁 걸어 잠근 채 방 안에만 처박혀 있었다.
잡힌 스케줄도 다 취소한 후 김샛별과 부하들을 집에 불러 놓고 혹시 모를 신변의 위협을 방비하는 중이었다.

"도련님, 다음번에는 그놈, 확실히 조져놓겠습니다. 숨어 있다가 뒤통수를 까버리면 지가 황영조나 이봉주라도 별수 있겠습니까? 그다음에 잡아서 샌드백을 만들어 버리지 말입니다."

"그럼 진작 좀 그렇게 하지 그랬어? 왜 일 처리를 그따위로 해?"

강창구의 날 선 일침에 김샛별은 뒤통수를 긁적였다.

"그놈아가 그렇게 잘 뛰는 줄 몰랐습니다. 아니, 그건 그렇다 처도 지가 무슨 닌자도 아니고, 높은 담장을 막 휙휙 넘을 줄은……."

"아, 몰라! 됐고, 어쨌든 내 경호 철저히 해. 그 새끼가 워낙 또라이라서 무슨 미친 짓을 할지 몰라. 염산 같은 거 던질 수도 있으니 대신 맞으란 말이야. 알았어?"

"최선을 다해 경호하겠습니다! 안심하십시오!"

대신 맞겠다는 말은 안 하면서 김샛별은 그를 안심시켰다.

옆에 잘 붙어 있기만 한다면 김태웅 정도는 그의 상대가 안 되므로 별다른 문제는 없을 것이다.

"그런데 그런 좆밥을 왜 그렇게 조심해서 처리해야 하는 겁니까?"

김샛별의 질문에 강창구가 신경질적으로 말했다.

"그 새끼가 우리 할아버지를 어떻게 구워삶았는지 내 인성 교육을 담당한다지 뭐야? 연예계에서 사고 안 치도록 멘탈 관리를 한다나 뭐라나. 암튼 그래서 내가 대놓고 조질 수가 없거든."

"그렇군요."

"하지만 그냥 길 가다가 두들겨 맞아서 반송장이 됐다고 해봐. 할아버지가 날 추궁이야 하겠지만 모른 척하면 그만이지."

김샛별은 그제야 왜 그가 김태웅이란 남자를 조용히 처리하라고 했는지 이해가 되었다.

그냥 개망나니인 줄 알았던 도련님이 제법 머리까지 굴리고 있었다.

"정말 대단하십니다. 이런 쪽으로는 타고난 수재이신 것 같습니다. 어떻게 그렇게 나쁜 쪽으로 아이디어가 샘솟으시는지. 허허허."

"…너 지금 나 욕하는 거지?"

딩동.

그때 갑자기 벨 소리가 울렸다.

강창구는 화들짝 놀라 갑자기 딸꾹질을 하기 시작했다.

"누, 누군지 나가봐. 딸꾹!"

"네, 도련님."

김샛별이 인터폰 화면으로 대문 바깥을 살폈다.

찾아온 상대를 보고 김샛별은 고개를 갸웃했다.

"도련님."

"왜? 딸꾹! 그 새끼야?"

"아닙니다. 웬 여잔데요?"

"여자?"

강창구가 인터폰 화면을 보곤 이마에 손을 짚었다.

"이런 젠장. 왜 하필, 딸꾹, 지금……."

           *   *   *

태웅은 제작진이 기획사 ROD에서 알아낸 강창구의 주소로 향하고 있었다.

황갈의 신 촬영을 마치고 난 후 피디와 작가가 강창구의 집으로 당장 쳐들어가느냐 마느냐 갑론을박을 벌이는 틈에 촬영장을 빠져나온 것이다.

자유롭고 방탕한 생활을 위해 삼성동에 주택 하나를 구입하여 독립한 강창구는 혼자 살고 있었다.

얼굴이 잘 알려진 연예인이기에 딱히 어디로 떠났을 리는 없고 집에 처박혀 있으리라는 확신이 들었다.

원래 계획은 그냥 쳐들어가서 데리고 나올 생각이었지만, 태웅은 일단 신중을 기하기로 했다.

그가 만약 자신이 두려워 두문불출하고 있는 거라면 혼자가 아니라 얼마 전의 그 덩치들과 함께 있을 가능성이 있었다.

혹은 경호원이나 기타 누군가를 고용했을 수도 있었다.

'방법이 없으려나? 좁은 주택 안에서는 도망간다고 될 일도 아닐 텐데.'

아직 불완전한 몸으로 무모하게 뛰어들었다가는 흠씬 두들겨 맞고 참혹한 배드 엔딩을 맞을 수도 있었다.

그는 예전 사기 기획사에서 일어난 위기의 순간, 시스템의 도움을 받아 극복한 기억을 떠올렸다.

'라이더 베스 체험권이었지? 그걸 또 쓸 순 없나?'

의문을 품자 마치 기다렸다는 듯 귓가에 익숙한 기계음이 들려왔다.

[라이더 베스 5분 체험권은 튜토리얼 전용 아이템으로 1회에 한해 사용 가능합니다.]

[이미 체험권을 사용하였으므로 재사용하실 수 없습니다.]

'쳇, 그럴 줄 알았다.'

아쉽긴 했지만 다른 방법이 있을 것 같아 그는 상점 메뉴를 열었다.

'아예 간편하게 '미친 전투력' 같은 스킬이 있으면 좋겠는

데… 없네.'

구입할 만한 능력을 살펴보던 그는 잠금이 풀린 항목 하나를 발견하고 선택했다.

〈클리어 배역 1회 사용권〉

지금까지 연기한 배역의 능력을 사용할 수 있는 아이템입니다. 1시간 사용에 30의 라이프 포인트가 소모됩니다. 단, 인간의 한계를 벗어난 배역의 능력은 사용 불가합니다.

'오호라? 이런 게 있었어?'

메뉴를 열자 그가 드라마, 영화, 연극, 뮤지컬 등에서 지금껏 연기해 온 서른 개 이상의 배역 리스트가 좌르르 펼쳐졌다.

'헐, 대박. 정말로 이 배역의 능력을 쓸 수 있다고?'

그는 시간 가는 줄 모르고 배역들을 살펴보았다.

'정열의 카레이서 애플릭', '승소율 99퍼센트의 변호사 미스터 로이어', '조난당한 산악인 파블로', '떠돌이 의사 닥터 체바이처' 등등.

직접 연기한 배역들을 떠올리며 아련한 추억에 잠겨들던 그는 문득 이상한 것을 발견했다.

그의 마지막 배역인 영화 '아이스 문'에서의 악당 '클로버 9'만

유일하게 잠금 상태였던 것이다.

'이건 왜 쓸 수 없지? 영화 개봉을 못 보고 죽어서 그런가?'

마치 남의 일처럼 담담하게 생각할 수 있는 게 스스로도 신기했다.

'어쨌든 이 중에서 쓸 만한 걸 찾아보자.'

싸움 실력이 뛰어난 배역은 여러 개가 있었지만, 그중 지금의 상황에 마음에 드는 것이 있었다.

['한물간 종합 격투기 선수 쿠들리'를 선택하셨습니다.]

[1시간 사용에 라이프 포인트 30이 소모됩니다.]

[사용하시겠습니까?]

한 번 사용에 한 달 치 수명이 날아가는 무시무시한 능력.

하지만 급하기에 쓰지 않을 수 없었다.

'사용하겠어.'

다짐과 동시에 그의 눈앞이 빛났고, 머릿속으로 수많은 기억이 전송되어 들어왔다.

39세의 베테랑 종합 격투기 선수 쿠들리의 능력들이 자신의 몸에 주입되는 것을 느끼며 태웅은 자신감이 샘솟았다.

'다 죽었어, 이 깡패 새끼들!'

그가 나는 듯 달려서 강창구의 집 앞에 도착했을 때, 대문 앞에서 초인종을 사정없이 누르고 있는 한 여자가 보였다.

　우아하고 도시적인 정장 차림에 긴 생머리, 그리고 늘씬한 몸매가 인상적인 젊은 여자였다.

　"야, 강창구! 빨리 문 안 열어? 너 거기 있는 거 다 아는데 왜 이래?"

　그 모습을 보고 태웅은 잠시 멈칫했다.

　'누구지? 강창구에게 차인 여자인가?'

　　　　　*　　　　　　*　　　　　　*

　강지나는 동생이 문을 열어주지 않자 안에 여자가 있겠거니 하는 생각에 한층 더 거세게 문을 두드리고 초인종을 눌러 댔다.

　"야, 강창구! 빨리 안 열면 너 예전에 한 찐따 짓 여기서 다 떠벌린다? 너 여기 사는 거 소문나면……."

　딸칵.

　그때 인터폰 소리와 함께 문이 열렸다.

　─진짜 오랜만에 짜증 나게 할래?

　동생의 목소리에 그녀는 씨익 웃으며 말했다.

　"그러게 왜 늦게 열고 난리야? 너 또 여자랑 놀고 있지? 언제 정신 차릴래?"

―아니거든. 빨리 들어오기나 해.

문을 열고 들어가려던 그녀는 갑작스레 자신의 뒤에서 목소리가 들리자 깜짝 놀랐다.

"저기, 죄송합니다만……."

"누구세요?"

평범한 외모지만 이상하게 호감형인 젊은 남자가 쭈뼛거리며 서 있는 모습이 보였다.

"여기가 강창구 씨 집이죠?"

"그걸 왜 물으시는데요?"

자칫하면 동생이 안 좋은 소문에 휘말릴까 하는 마음에 그녀는 경계심 어린 눈초리를 보냈다.

"안녕하세요. 저는 강창구 씨와 함께 드라마 '청춘은 맛있어!'에 출연하고 있는 조연 배우 김태웅이라고 합니다."

그녀는 의아한 생각이 들었다.

동생이 드라마에 출연하고 있는 것은 알고 있는 사실이다.

그런데 동료 배우가 왜 집까지 찾아온 것일까?

"어떤 사이신지 모르겠지만 가까운 사이신 것 같은데, 말씀 좀 전해주실 수 있을까요?"

"무슨 일이냐니까요?"

태웅은 최대한 심각하고 다급한 표정을 지으며 말했다.

"사실 오늘이 드라마 촬영일인데, 창구 씨가 펑크를 냈습니다."

"네?"

"그래서 지금 스태프들하고 배우들이 다 대기하고 있는 중이고요. 너무 갑작스럽게 못 나오겠다고 하셔서 피디님과 작가님도 당황하셨고, 연락도 안 되는 상황이라 제가 이렇게 직접 온 겁니다."

그녀는 절로 한숨이 나왔다.

애물단지 동생이 또 문제를 일으킨 것 같았다.

미국에서도 많은 사고를 쳐서 돈으로 간신히 무마했고, 어머니와 함께 한국에 와서는 그래도 연예인 생활을 하면서 나름 자제를 하고 조용히 사는 것 같다고 생각했다.

그런데 귀국하자마자 이런 얘기를 들으니 어째 별로 나아진 점이 없는 것 같았다.

"전 강지나라고 해요. 창구 누나고요."

그 말에 태웅은 깜짝 놀랐다.

친한 연예인이거나 기획사 사람, 또는 애인이라고 생각했는데 아닌 모양이다.

이제 보니 닮은 부분도 꽤나 많았다.

"어제 귀국해서 오랜만에 동생을 보러 왔는데 그런 일이 있다니 당황스럽네요. 제가 말 잘해볼게요."

"꼭 좀 부탁드리겠습니다. 다른 드라마도 그렇겠지만 이 드라마에 모든 것을 걸고 계신 분들이 많아서요. 창구 씨가 없으면 저를 포함하여 그분들의 꿈과 희망이 모두 물거품이 되고 말지도 모릅니다."

진지한 말투와 표정이 그녀의 가슴속에 깊이 들어왔다.

이처럼 절실하게 자신에게 뭔가를 말하는 사람이 오랜만이었다.

"제가 잘 말해서 꼭 복귀하게 할게요."

"정말 감사합니다. 창구 씨가 나올 때까지 이 앞에서 기다리고 있겠습니다."

"그러실 필요까지는… 오래 걸릴지도 몰라요."

"아닙니다. 전 오늘 꼭 창구 씨를 데려가야 합니다. 그러니 나오실 때까지 기다릴 수밖에요. 딱히 누이 분께서 신경 쓰지 않으셔도 됩니다."

그녀는 정중하게 고개를 숙이고 집 앞에 우뚝 서서 기다리고 있는 그의 모습을 물끄러미 바라본 후 대문 안으로 들어갔다.

*　　　　　*　　　　　*

잔디로 뒤덮인 넓은 마당을 지나 집 안으로 들어서자, 살벌한 인상을 한 다섯 명의 거한들이 그녀에게 90도 인사했다.

"안녕하십니까!"

"어머, 뭐야?"

깜짝 놀란 그녀가 뒤로 물러섰다.

"쫄긴, 그냥 내 매니저들이야."

'무슨 매니저들이 이래? 딱 봐도 건달이구먼.'

그녀는 그들을 위아래로 살펴보았다.

아무리 봐도 건달이다.

"문은 왜 빨리 안 열어?"

"그 정도면 빨리 연 거지. 그런 누나는 왜 이렇게 늦게 들어와?"

의심이 가득한 눈초리를 보며 그녀는 그가 정말 강부식 회장을 빼닮았다는 생각이 들었다.

"너 드라마 촬영 펑크 냈다며?"

"그걸 누나가 어떻게 알아?"

"요 앞에 네 동료 배우가 찾아왔던데? 넌 뭘 어떻게 하고 다니기에 이렇게 사람들 속을 태우냐?"

"동료 배우? 그게 누군데?"

순간 강창구의 목소리가 날카로워졌다.

갑작스러운 동생의 변화에 그녀는 의아했다.

"같이 출연하는 조연 배우래. 김태웅 씨인가? 어쨌든 다들 널 기다리고 있다고 빨리 촬영장에 복귀해 줬으면 좋겠다던데?"

"…이런 망할."

강창구가 이빨을 뿌드득 갈았다.

"누나, 안에 들어가서 기다리고 있어."

"왜? 너 또 복귀 안 하고 저 사람한테 성질부리려고 그러지?"

어느 순간부터 개차반이 된 동생의 성격을 잘 아는지라 그녀는 걱정이 되었다.

"그런 거 아니니까 그냥 좀 들어가 있을래?"

"싫은데? 내 눈앞에서 얘기해. 너 만약 저 사람한테 막무가내로 굴면 할아버지하고 삼촌들한테 다 말할 테니까 그런 줄 알아."

"아놔, 진짜……."

할아버지 다음으로 쩔쩔매는 사람인 누나의 말에 그는 당혹스럽기 그지없었다.

이렇게 되면 김태웅이 망부석이 되든 말든 그냥 놔두거나, 아니면 집 안으로 유도하여 흠씬 두들겨 패려고 한 그의 계획이 물거품이 되고 만다.

"내가 잘 얘기할 테니까 그냥 좀 들어가라고."

"널 어떻게 믿어? 빨리 촬영장으로 복귀할 준비나 해. 너 자꾸 그러면 할아버지하고 엄마가 얼마나 슬퍼하시겠니?"

그녀는 다섯 명의 덩치들을 슬쩍 보며 한마디를 더 덧붙였다.

"이 무거운 아저씨들도 좀 내보내고. 가뜩이나 날씨도 덥구
먼."

*　　　　　*　　　　　*

"창구 씨, 다들 창구 씨만 기다리고 있습니다. 어서 가시
죠."

태웅의 간곡한 표정과 말투에 강창구는 피가 거꾸로 솟는
것 같았다.

이미 그는 상황이 어떻게 돌아가는지 완벽하게 파악하고
누나 앞에서 자신을 조롱하고 있었다.

"오늘은 복귀하기가 좀… 몸이 안 좋아서……."

"안 좋긴 뭐가 안 좋아? 딱 봐도 쌩쌩하구먼."

'이런 제기랄……'

강창구는 옆에서 계속 재를 뿌리는 누나를 사나운 눈빛으
로 노려봤지만, 이내 시선을 거둘 수밖에 없었다.

"그럼 준비 좀 하고 갈게요. 이따가."

"기다릴 테니 같이 가시죠. 창구 씨를 못 믿는 게 아니라
그냥 컨디션이 안 좋다고 하시니 도와드리려고 그럽니다."

"그래, 같이 가드려. 네 회사 매니저나 우리 회사 사람들이
온 것도 아니고, 오죽하면 동료 배우분이 오셨겠니? 같이 가

야 예의지."

강창구는 별수 없이 툴툴거리며 옷을 챙겨 입기 시작했다.

여전히 얼굴에는 태웅을 꺼리는 기색이 역력했지만 지금은 어쩔 수 없었다.

김샛별과 덩치들은 눈앞에서 깐죽대는 태웅을 당장 두들겨 패버리고 싶었으나, 지나의 존재로 인해 어쩔 수 없이 조용히 노려보고만 있었다.

여차하면 그들과 한판 붙을 생각으로 스킬까지 장착하고 온 태웅이었으나 상황이 이렇게 돌아가자 괜히 아까운 라이프 포인트만 낭비했다는 생각이 들었다.

'틈을 봐서 이 자식들을 싹 다 두들겨 패야 할 텐데……'

*   *   *

"내 매니저들이랑 갈 거야. 단둘이는 못 가."

차에 타기 직전 마지막으로 뻗대는 강창구의 등짝을 강지나가 차지게 때렸다.

"떼쓰지 말고 빨리 가. 저 커다란 아저씨들을 어떻게 차에다 태워?"

"싫다니까! 둘이는 절대 안 가!"

"얘가 왜 이래, 애같이?"

강지나는 나이를 먹을 대로 먹은 동생이 다섯 살짜리 꼬마처럼 구는 걸 보고 어이가 없었다.

자신이 동생을 너무 오래 떨어뜨려 놔서 가뜩이나 철없는 동생이 많이 풀어진 듯했다.

"정 그러면 누이 분이랑 가시죠. 저는 뒤따라가도 괜찮습니다."

사람 좋게 웃는 태웅의 말에 지나는 난감함을 느꼈다.

"아무리 그래도……."

"정말 괜찮습니다. 제 신 촬영은 다 끝냈거든요. 다만 창구 씨 등장하는 신이 아직 많이 남아서 서둘러야 합니다."

지나는 고개를 살짝 숙이며 미안함을 표시했다.

태웅은 그 모습을 보고 의외라는 생각이 들었다.

'동생은 개차반인데 누나는 딴판이군. 같은 피가 섞였는데 이렇게 다르다니.'

어차피 같은 촬영장에 있는 이상 강창구에게 책임을 묻는 것은 언제든 할 수 있었다.

게다가 집 주소까지 알아났으니 그가 빠져나갈 구석은 없으리라.

＊　　　　＊　　　　＊

강창구를 태운 차가 주차장을 빠져나간 후 태웅은 남아 있는 다섯 명의 덩치를 향해 돌아섰다.

"건달 여러분, 많이 기다렸죠?"

그 말에 김샛별이 어이가 없는지 실소를 날렸다.

"마침 어떻게 할까 생각하고 있었는데 스스로 무덤을 파고 있군. 어이, 젊은 친구. 지난번에 널 놓쳐서 우리가 얼마나 고생했는지 알아?"

"그건 내 알 바 아니고, 그냥 좀 너희들을 두들겨 패야겠거든? 오늘은 날씨가 더워서 지난번처럼 뛰기도 귀찮고 말이야."

덩치들은 서로를 바라보며 웃음을 터뜨렸다.

그들이 보기에 독 안에 든 쥐가 고양이를 조롱하고 있는 꼴이다.

"이건 네가 자초한 거다. 나중에 난리쳐도 곤란해."

"그건 내가 할 말이지. 시간 됐다. 빨리 덤벼."

"시간?"

"너희가 구름 한 점 없는 맑은 날 먼지 나게 얻어터질 시간 말이야."

발끈한 김샛별이 부하들을 향해 소리쳤다.

"교육시켜라!"

선봉으로 달려드는 덩치의 공격을 피하며 팔을 잡아챈 태

웅이 그대로 관절기를 걸어버리자 그의 어깨에서 뿌드득 소리
가 났다.

"아아악!"

태웅은 비명을 지르는 덩치를 걷어찬 후 뒤이어 달려드는
사내의 낭심을 손으로 잡아 비틀었다. 그리곤 연달아 턱에 좌
우 훅을 날리자 순식간에 두 명이 실 끊어진 연처럼 스르륵
침몰하고 말았다.

'어라? 이게 아닌데……'

멍하니 지켜보던 김샛별은 다른 두 명의 부하마저 순식간
에 관자놀이와 명치를 두들겨 맞고 쓰러지는 것을 보곤 입을
쩍 벌렸다.

"이거 뭐 점심 소화도 안 되겠네. 니가 여기 두목이지?"

자신을 잡아먹을 듯 올려다보는 태웅을 보며 김샛별은 오
랜만에 가슴이 뜨거워지는 것을 느꼈다.

"이게 몇 년 만인가. 진정한 적수를 만난 것이."

그는 정장 상의를 벗어 던지곤 어깨를 한 바퀴 돌렸다.

한때 어둠의 세계에서 이름을 날리던 매운 주먹 김샛별의
실력을 다시 선보일 때가 온 것이다.

"몰라본 것을 사과하지. 지난번엔 쥐새끼처럼 도망만 쳐
서 몰랐다. 하지만 너랑은 좋은 승부를 펼칠 수 있을 것 같…
억!"

남자다운 근사한 승부를 기대하고 있던 그는 순간 눈앞이 번쩍하는 것을 느꼈다.

다짜고짜 달려든 태웅이 날카로운 레프트 어퍼컷을 날린 것이다.

'뭐, 뭐야, 이 돌주먹은?'

그는 정신을 차리려 했지만, 뒤이어 턱을 향해 날아드는 수십 발의 엘보우 공격에 정신이 혼미해지고 말았다.

타이밍과 스피드, 정확도가 모두 일반인 수준이 아니었다.

'말도 안 돼! 내가 이렇게 일방적으로 당하다니! 도대체 이 녀석은 뭐지?'

퍽퍽퍽퍽!

쓰러진 김샛별의 몸에 올라타 떡이 되도록 두들겨 팬 태웅은 후련한 얼굴로 일어섰다.

"다시 한번 내 눈에 띄면 아주 혼구멍을 내줄 테다. 부잣집 망나니 밑에서 나쁜 짓하지 말고 앞으로는 조용히 사는 게 좋을 거야. 으하하하핫!"

자신들을 완벽하게 제압하고 떠나는 태웅의 뒷모습을 바라보며 김샛별은 아직도 믿을 수 없다는 듯 손바닥을 뻗었다.

싸움만큼은 둘째가라면 서러운 자신이 완벽하게 당해 버렸다.

오랜만에 느껴보는 신선한 충격이 아픔조차 잊게 했다.

"멋진… 싸움이었다, 김태웅. 다음 승부를… 기약하겠다."

엄지손가락을 뻗은 채 그는 그대로 정신을 잃었다.

S# 7
PPL 연기도 잘하는 배우!

강창구의 복귀에 '청춘은 맛있어!' 촬영장은 안도의 한숨으로 뒤덮였다.

무엇보다 반쯤 낙담하고 있던 피디와 작가가 가장 화색이 되었고, 나머지 배우들 또한 새 작품이 조기 종영으로 막을 내리지 않아 다행이라고 여겼다.

"잘 좀 부탁드릴게요, 피디님. 동생이 워낙 철이 없어요."

"어이쿠, 아닙니다. 우리 창구 씨가 워낙 예술가 기질이 있어서 그렇죠, 뭐. 허허허허."

늘씬한 외모에 품위 있는 태도의 강지나가 말하자 피디는 넉살 좋게 웃었다.

'예술가 기질은 개뿔······.'

유성미 작가의 눈썹이 꿈틀거렸지만 그렇다고 해서 입 밖으로 불만을 토해낼 수는 없었다.

바로 옆에서 김광록 피디가 자제를 요구하는 강력한 눈빛을 발사했기 때문이다.

"앞으로 두 번 다시는 이런 일 없을 거예요. 창구에게도 앞으로 연예인 생활하고 싶으면 약속은 철저히 지켜야 한다고 일러뒀으니까요."

"아, 그렇습니까? 허허허."

입이 귀에 걸려 있는 피디와 대화를 나누면서도 지나는 촬영장을 날카로운 눈으로 구석구석 훑어보았다.

앞으로 한국에서 엔터테인먼트 사업을 진행할 예정이기에 드라마 촬영장을 직접 경험할 수 있는 좋은 기회를 놓치기 싫었던 것이다.

동생의 처신에 대해 감시도 할 겸 한국 드라마 촬영장 분위기도 알아볼 겸 와보니 예상보다 훨씬 신기하고 재밌었다.

'역시 난 이쪽이 적성에 맞나 봐. 진작 전공을 엔터테인먼트로 해야 했는데.'

경영학을 전공한 만큼 회사의 형태를 띤 매니지먼트를 운영하는 데 도움이 될 것은 자명했다.

치밀한 계산과 기획으로 상품을 만들고, 유통과 마케팅을 병행하여 매출을 올린다.

기본은 같았지만 그 저변에는 대중의 마음을 사로잡는 매력에 대한 깊이 있는 연구와 고찰이 필요했다.

스타의 매력은 인기를 불러오고, 인기는 돈으로 들어온다.

상품마다 라이프 사이클이 있고 일정 주기가 지나면 비슷한 이미지의 다른 상품으로 대체한다.

하지만 이미 할리우드에서 그런 업계의 속성에 질릴 대로 질린 그녀로서는 한국에서만큼은 조금 더 순수하게 접근하고픈 생각이 있었다.

'여기서 쓸 만한 배우는 누가 있을까? 한번 머물면서 지켜봐야겠다.'

그녀는 아예 이참에 드라마 현장에 상주하면서 한국 연예계에 대한 감을 쌓기로 마음먹었다.

"안 돼! 미쳤어?"

"오버하지 마. 그렇게까지 반응할 건 아니잖아?"

강창구는 대기실에서 길길이 날뛰었지만, 강지나는 그러한 모습을 보는 게 익숙한 듯 팔짱을 낀 채 차분하게 말을 꺼냈다.

"누나가 뭘 안다고 그래? 회사에서 다 챙겨주니까 신경 꺼! 지금까지 알아서 잘해왔거든?"

"알아서 잘한다? 잘하는 애가 그렇게 사고치고 업계에서는 싸가지 없다는 소문이 파다하냐?"

"누, 누가 그래?"

"아주 지나가는 꼬마들도 다 알더라. 강창구 인성 막장이라 조만간 큰 사건 터져서 망할 거라고. 너 여기서도 제대로 깽판 쳤다며?"

"에이, 씨……."

입이 열 개라도 할 말이 없는 강창구가 성질이 나는지 구석에 있는 쓰레기통을 걷어찼다.

그녀는 레이저 눈빛을 발사할 뿐 아무 말 없이 동생의 발광을 지켜보기만 했다.

한참 후 그가 잠잠해지자 그녀는 다섯 살짜리 어린아이를 타이르듯 입을 열었다.

"나 미국에서 아빠 사업 도우면서 많이 해봤어. 나름 떠오른다는 콧대 높은 미국 애들 서포트도 다 해봤다고. 니 지금 매니저들보다는 내가 훨씬 나을걸."

'그게 문제가 아니라고!'

강창구는 자유롭고 싶었다.

답답한 재벌가를 벗어나 연예계 생활을 하는 것은 그야말로 갑갑한 산속에서 지내다 탁 트인 바다를 보는 것처럼 시원함을 느끼게 했다.

대중의 시선 따위 즐기면 그만이라고 생각했는데, 이제는 그마저도 집안에서 통제를 하려고 드는 것이 못마땅하기 그지없었다.

어디서 굴러먹었는지도 모르는 개뼈다귀 같은 조연 배우에게 굴욕을 당하는 것도 모자라 이제는 까다롭고 매사 태클 거는 누나까지 붙다니…….

"이미 할아버지한테 허락 맡아놨으니 쓸데없는 저항은 하지 마. 너네 회사에도 통보했어. 큭큭큭."

강창구가 소속된 대형 기획사 ROD의 최대주주가 삼원 그룹이기 때문에 강부식의 전화 한 통이면 간단하게 처리되는 문제였다.

사악하게 웃는 누나를 바라보던 그의 머릿속에 문득 한 가지 생각이 스치고 지나갔다.

'가만, 누나가 옆에 딱 붙어 있으면… 그 자식이 나한테 함부로 못 하겠지?'

촬영장에서 수시로 자신을 불러 괴롭히는 태웅 때문에 스트레스를 받고 있던 그는 차라리 잘됐다 싶어 빙긋 웃었다.

따악!

"아야! 왜 때려?"

실실 쪼개고 있던 강창구는 갑자기 이마에 둔탁한 통증이 느껴지자 날카롭게 소리를 질렀다.

"또 뭔 이상한 생각을 하고 있는지 모르지만 앞으로 정신

차려라. 사람들한테 예의 없게 굴거나 방탕하게 사는 꼴 못
보니까."

한순간 분위기를 바꿔 정색하는 그녀에게선 알 수 없는 카
리스마마저 느껴졌다.

*　　　　　*　　　　　*

강창구가 촬영장에 복귀한 이후 미션 달성 보상으로 총 50의
라이프 포인트를 획득한 태웅은 다시금 한숨 돌릴 수 있었다.

다만 돌연 강창구의 친누나라는 강지나가 새 매니저랍시고
옆에 붙어 있는 통에 화끈한 보복을 하지 못하는 게 아쉬웠다.

'시간은 넉넉하니까 강창구를 아작 내는 건 나중의 즐거움
으로 남겨둬 볼까?'

자신을 습격한 덩치들에겐 이미 호된 맛을 보여줬으니 한동
안 귀찮은 일이 생길 염려는 없을 것이다.

*　　　　　*　　　　　*

'으잉? 러브 라인이 들어갔어?'

다음 주 촬영 분인 9, 10회 차 대본을 받아본 태웅은 깜짝
놀랐다.

자신이 맡은 황갈이 인기가 높아지는 것은 알고 있었지만, 여주인공인 방현아와도 묘한 관계로 발전해 나갈 줄은 예상 못했다.

극 중에서 요리 경연 프로그램에 출연하여 승승장구하면서 여자들에 둘러싸이게 되는 주인공 한해는 여사친이자 썸을 타고 있는 방현아와 점점 소원해지게 된다.

그 빈틈을 치고 들어온 황갈은 특유의 유머러스함 속에서도 따뜻한 배려심을 보여주면서 두 사람은 조금씩 가까워지게 된다.

씩씩하고 대찬 방현아 역의 나진영을 떠올리자 그의 입가에 저절로 미소가 그려졌다.

강창구를 사이에 두고 나진영과 삼각관계를 이루며 애정전선에 위협이 되는 경쟁자로 분하게 되다니.

별로 친하지도 않은 사이건만 이제 그녀와 미묘한 감정을 나누는 연기를 해야 한다.

초장부터 대놓고 개그 캐릭터이던 자신의 배역이 이렇게 급격하게 폼을 잡아도 되는지 그는 한동안 아리송해했다.

미친 기억력으로 암기해 두고 있던 1회부터 8회까지의 대본을 머릿속으로 떠올려 본 그는 그래도 극이 최소한의 개연성은 잃지 않았다고 판단했다.

급조한 캐릭터를 이렇게 극 전체에 잘 녹아들게 하는 유성미 작가의 필력도 예사롭지 않았지만, 무엇보다 배역을 맡은 태웅의 연기력이 워낙 입체적이었기에 가능한 일이었다.

'그런데 이 대책 없는 PPL은 뭐냐. 이렇게 대놓고 해도 되는 거야?'

미국 드라마에서 보지 못하던 노골적인 PPL에 그는 경악을 금치 못했다.

물론 홍보할 제품은 요리에 쓰이는 '그것'이었지만, 그렇다고 해도 이 정도면 CF나 다름없었다.

'기왕 할 거 제대로 해볼까? 또 인터넷 게시판이 들썩이게 말이야.'

대본은 정해져 있었지만 적절한 애드리브를 첨가하면 훨씬 풍성한 연기가 된다.

수많은 아이디어를 떠올리며 그는 벌써부터 즐거운 기분이 들었다.

*　　　　*　　　　*

'청춘은 맛있어!' 제10회 신 61.

그랜드마스터 셰프 대회에 출전한 주인공 한해가 8강에서 막강한 상대인 중식 조리사 '쌍두룡(雙頭龍)'을 만나 고전 끝에 그를 물리치는 장면이다.

제한 시간 내에 냉채와 열채 중 하나를 선택, 최고의 요리를 만들어야 하는 대결에서 두 사람은 환상적인 솜씨로 자웅을 겨룬다.

쌍두룡이 내놓은 궁보계정(宮保鷄丁)에 맞서 한해는 마의상수(馬蟻上樹)라는 요리를 내놓는데, 심사 위원 전원 한해에게 손을 들어주면서 준결승에 진출하게 되는 신이었다.

한해의 요리를 맛본 심사 위원 중 미녀 음식 평론가 오소영이 그에게 큰 관심을 보이게 되고, 이 모습을 본 방현아는 기분이 상해 한해와 다투게 된다.

화려한 조리 장면과 대회장을 가득 메운 관객들까지 등장하는 스펙터클한 신으로, 작가의 표현을 빌리자면 시청자들을 위한 '종합 선물 세트'였다.

대본을 꼼꼼히 살피던 강지나는 고개를 갸우뚱했다.

"이 신 제대로 소화할 수 있겠어?"

"못 할 건 또 뭔데?"

자신만만하게 호언장담하는 강창구를 그녀는 못 미더운 눈으로 바라보았다.

"여기 봐봐. '공작의 깃털 펼치는 모습을 방불케 하는 환상적인 칼질로 쌍두룡을 압도한다'고 돼 있잖아. 니 칼질로 이게 가능하겠냐구."

"나 칼질 잘하거든? 이거 주인공하려고 연습했다고!"

"내가 봤는데 그걸론 한참 부족해. 이 신이 정말 중요한데 어설프게 하면 되겠니?"

3, 4회가 방송된 둘째 주.

'청춘은 맛있어!'의 시청률은 5퍼센트를 훌쩍 넘기며 동시간 대 라이벌 드라마인 '그날이 온다'와 어깨를 나란히 했다.

초반의 딱딱함과 무거움으로 인해 진입 장벽이 있긴 했지만, 역시나 탄탄한 배우들의 연기가 뒷받침된 '그날이 온다'는 첫 방송 때의 시청률을 회복하면서 동시간대 시청률 1위를 기록 했다.

개성 있으면서도 인간미 넘치는 캐릭터들이 자리를 잡은 '청춘은 맛있어!' 역시 인터넷 커뮤니티와 SNS로 입소문이 퍼 지면서 인기몰이를 하는 중이었다.

두 작품이 불꽃 튀는 시청률 경쟁에 돌입하면서 승부는 예 측할 수 없는 방향으로 흘러가고 있었다.

중반을 지나 종반으로 접어드는 9~10회 때가 바로 승부의 분수령이 될 것이라는 게 방송 전문가들의 예측이었다.

이렇듯 중요한 타이밍이다 보니 힘을 실은 신을 넣었건만, 제 대로 소화하지 못한다면 기세를 타지 못하게 되고 말 것이다.

동생의 연기를 위해 1회부터 정주행을 하던 그녀는 어느 순 간 깜짝 놀라 화면에 시선을 고정하고 말았다.

바로 일식 조리사 황갈이 등장하여 화려한 칼 솜씨를 선보이는 장면이었다.

　마치 우아하고 세련된 검술을 보는 듯한 유려함이 있었고, 익살스러운 장면을 여유 있게 소화해 내는 연기력은 신인 배우라고는 도저히 믿을 수 없을 정도의 관록이 엿보였다.

　황갈 역의 배우는 유독 낯이 익은 바로 그 사람이었다.

　'김태웅 씨가 저렇게 칼질을 잘했다니… 만약 저 사람이 창구를 가르친다면 어떨까?'

　　　　*　　　　　*　　　　　*

　"연기 지도요?"

　태웅은 내심 쾌재를 불렀지만, 아무렇지도 않은 척 지나의 제안에 반응했다.

　"태웅 씨 연기 봤어요. 진짜 요리사 뺨치시더라고요. 특히 그 칼질, 진짜로 하신 거라면서요?"

　그녀의 말에 태웅은 쑥스러워하는 척하며 말했다.

　"배역을 맡고 나서 잘 소화해야겠다는 생각에 일식집 아르바이트를 시작했습니다. 시간 날 때마다 열심히 연습하다 보니 많이 좋아진 거지요."

　"정말 멋져요! 야, 들었지?"

　지나가 강창구의 뒤통수를 손바닥으로 치며 말했다.

"에이, 씨, 그만 때려!"

"태웅 씨 좀 배워라. 연기를 하려면 이 정도 열정은 있어야지, 겉멋만 들어가지고……."

"누가 겉멋만 들었다고 그래? 나도 엄청 열심히 하거든?"

"열심히 한 게 그거야? 너 아직도 칼질 제대로 못한다며. 집에서 설거지 한 번 안 하는 게 요리 드라마 주인공을 맡았으면 노력하기라도 해야지."

여성스럽고 나긋나긋하게 말하다가도 동생을 잡을 때면 매섭게 변하는 지나의 모습에 태웅은 내심 감탄을 금치 못했다.

"저보다는 실제 조리사분에게 배우는 게 낫지 않을까요?"

태웅은 짐짓 겸양을 떨었다.

덥석 받아들이는 것도 좋지만, 왠지 이 강지나란 여자에게 신뢰감을 심어두면 앞으로 일이 편해질 것 같았다.

"그런 생각 안 해본 건 아닌데요, 아무래도 연기를 배우는 게 나을 것 같아서요. 진짜 조리사가 되는 게 아니라 조리사 연기를 가르칠 수 있는 건 태웅 씨가 적격이라고 생각해요. 제 부탁, 들어주시겠어요?"

정중하면서도 당당한 요구다.

안 들어줘도 상관없지만, 들어주지 않으면 손해일 듯한 느낌을 준다.

'이 여자, 보통이 아닌걸.'

그는 문득 그녀를 닮은 누군가를 생각하곤 가슴이 아려왔다.

다이아몬드를 통째로 갈아 뿌린 듯 반짝이는 눈빛.

석양처럼 쓸쓸하지만 탐스럽게 빛나는 머리카락.

'닮았다, 데이라를.'

그는 과거 자신의 인생을 몰락시킨 한 여자를 떠올리곤 쓸쓸한 기분에 휩싸였다.

"태웅 씨!"

자신을 부르는 지나의 목소리에 그는 상념에서 깨어났다.

"물론입니다. 단, 미리 말씀드릴 게 있는데요."

잠시 뜸을 들인 그는 반문하는 듯한 그녀의 눈빛을 보며 입을 열었다.

"혹시 미국 폭스 방송국의 헬스 키친이라는 프로그램 아십니까?"

"물론이죠. 고든 램지가 나오는 리얼리티 프로그램이잖아요?"

"전 그의 교육 방식을 아주 좋아합니다. 연기 지도를 한다면 아마 그렇게 하게 될 것 같네요."

참가자들을 때려잡기로 악명 높은 셰프 고든 램지의 교육 방식.

그 얘기를 들은 강창구의 얼굴이 새파랗게 질렸다.

"씨발, 나 안 해! 안 한다고!"

따악!

"에이, 씨……."

"에이, 씨?"

"…씨 바르는 건 어떻게 하지?"

*   *   *

강지나는 아예 강창구의 집으로 태웅을 초대해 연기 강습을 하도록 했다.

그녀 또한 아예 동생의 집에 짐을 가지고 들어와 눌러앉아 버렸기에 강창구로서는 도망칠 구석도 없었다.

연기 지도 및 요리 강습 시간에는 그녀가 아예 자리를 비켜 주어서 태웅은 아무런 제약 없이 강창구를 갈굴 수 있었다.

"어쭈, 인상 쓰네? 왜? 또 깡패들 부르게?"

"무슨 깡패?"

"니가 나 조지려고 부른 거 다 안다. 근데 불러봐야 소용없는 거 알지?"

'…이 멍청한 자식들!'

강창구는 멍청하게 정체를 노출하고 얻어터지기까지 한 김 샛별 일당을 생각하자 화가 치밀었다.

그 바보들 때문에 태웅이 자신의 약점을 틀어잡은 꼴이 된 것이다.

"지난번 일은 내가 그냥 묻어둘 테니까 착한 누님 생각해서 앞으로 열심히 하자. 알았지?"

"…니미."

따악!

"아악!"

경쾌한 알밤 소리와 강창구의 비명 소리가 주방에 영롱하게 울려 퍼졌다.

＊　　　＊　　　＊

드디어 운명의 날.

'청춘은 맛있어!' 10회 촬영일이 밝았다.

극 중 하이라이트가 되는 장면의 촬영을 앞두고 현장에 긴장감이 감돌았다.

올림픽 체조 경기장을 대관한 데다 관객으로 섭외한 엑스트라의 수만도 어마어마했다.

수백 명의 관중을 앞에 두고 펼쳐지는 그랜드마스터 셰프 대회의 하이라이트가 나오는 신이다 보니 배우와 스태프 모두 긴장하지 않을 수 없었던 것이다.

"조명! 우왕좌왕하지 말고 세팅 제대로 해! 민수는 관객들 통제 잘하고! 야, 거기! 소품 먹지 마!"

사람 좋은 김광록 피디까지 윽박지를 정도로 신경이 곤두서 있었다.

여주인공 역을 맡은 나진영은 압박감에 절로 한숨이 나왔다.

그녀는 관중석에서 주인공의 행동에 일희일비하는 내면 연기를 펼쳐야 했다.

첫 주연을 맡은 드라마에서 가장 힘을 실은 장면 중 하나인 것이다.

막중한 부담감으로 인해 화장실에서 토하기까지 했다.

'내가 요리 장면을 찍는 것도 아닌데 고작 이 정도에 긴장하다니……'

스스로 한심함을 느낀 그녀는 울적해졌다.

언론에 밝혀지진 않았지만, 드라마 찍기 직전 오래 사귀던 일반인 남자 친구와 결별한 터였다.

시청률 상승과 더불어 인터넷의 관련 기사나 드라마 게시판에 나날이 더해지는 악성 댓글까지 그녀의 우울을 더했다.

'이러니 내가 담배를 끊을 수가 있어야지.'

잠시 촬영장 밖으로 나와 담배 한 대를 피우려던 그녀는 어디선가 들려오는 셔터 소리에 고개를 돌렸다.

"대박! 나진영 담배 피우나 봐."

"야야, 들켰어! 빨리 튀자!"

소리가 난 쪽을 보니 수풀 뒤편에 기껏해야 여고생 정도로 보이는 여자 둘이 핸드폰을 들고 우왕좌왕하고 있었다.

"이봐요! 잠깐만요!"

그녀는 당황하여 두 사람에게 다가갔지만, 둘은 뒷걸음질 치며 도망갈 태세였다.

"워워, 학생들, 일단 정지."

"에?"

갑자기 어디선가 나타난 그림자가 번개같이 손을 뻗어 두 여자가 들고 있던 핸드폰을 낚아챘다.

"뭐야?"

모두가 멍하니 지켜보는 가운데 남자는 현란한 속도로 손가락을 움직여 핸드폰에 찍힌 나진영의 사진을 삭제해 버렸다.

"성폭법 제14조 카메라 등 이용 촬영죄 제1항. 카메라나 그 밖에 유사 기능을 갖춘 기계장치를 이용하여 성적 욕망, 또는 수치심을 유발할 수 있는 다른 사람의 신체를 그 의사에 반하여 촬영하거나 그 촬영물을 반포, 판매, 임대, 제공, 또는 공공연하게 전시, 상영한 자는 5년 이하의 징역, 또는 1천만 원 이하의 벌금에 처한다. 학생들, 경찰서 한번 갈래?"

그 말에 사색이 된 두 여자가 황급히 손사래를 쳤다.

"죄, 죄송해요. 저희는 그냥 호기심에……."

"이렇게 허락도 안 받고 사람을 도촬하면 쓰나. 오늘은 내가 봐줄 테니까 조용히 돌아가."

핸드폰을 받아 든 두 여자가 뒤도 안 돌아보고 도망쳤다.

"고마워요, 태웅 씨."

나진영이 태웅에게 고개를 숙였다.

하마터면 담배 피우는 사진을 찍혀 이미지에 타격을 입을 뻔했다.

물론 요즘 세상에 담배 피우는 걸로 여자가 비난받을 일은 흔치 않지만, 그녀는 이제 막 신선하고 풋풋한 이미지로 뜨고 있는 여배우였다.

이 사실이 알려지면 결코 좋을 게 없었다.

"딱히 대단한 것도 아닌데요, 뭘."

"아니에요. 저 워낙 안티가 많아서 저 사진이 인터넷에 돌 았으면 또 엄청 욕먹었을 거예요."

인기 절정의 아이돌 강창구의 상대역이다 보니 피할 수 없는 일이었지만, 그녀는 온갖 욕설이 섞인 편지와 이메일을 받는 등 고초를 겪고 있었다.

"이게 다 강창구 때문이라니까요. 저 밥맛이랑 멜로 연기하는 것도 짜증 나 죽겠는데 이렇게 사생팬들한테 테러까지 당하고. 정말 이게 뭐예요."

그녀는 울상이 되어 툴툴거렸다.

"기운 내요. 그래도 드라마 잘되고 있으니까 끝나면 진영 씨 주가도 많이 오를 거예요."

"에이, 그래봤자 태웅 씨만 하겠어요?"

"저요?"

"그럼요. 요즘 인터넷 안 해요? 태웅 씨 엄청 뜨고 있잖아요."

'그런가?'

원래 그는 인터넷을 자주 하는 성격이 아니었다.

아마도 라이더 베스 시절 인터넷상에 자신에 대한 루머나 논란이 펼쳐지는 것을 보고 학을 뗀 이후 생긴 습성인지도 모른다.

"이럴 바에야 그냥 태웅 씨가 주인공 됐으면 좋겠어요."

"그러면 드라마 망하죠. 하하하!"

"차라리 망하라 그래요. 저딴 자식하고 키스신까지 찍어야 되면 진짜 짜증 날 거 같아요."

"그럼 저랑 찍는 건 괜찮고요? 하하하!"

농담으로 던진 말이었는데, 나진영의 표정이 왠지 모르게 묘했다.

"차라리 태웅 씨라면 괜찮을 것 같은데, 태웅 씨는 어때요?"

그녀의 말에 그는 아차 싶었다.

김태웅으로선 처음이지만 라이더 베스로서는 수십, 수백

번 겪어본 일.

'아뇨, 이제 여자 좀 그만 꼬여야 되는데.'

외모 관련 투자를 하지 않았음에도 은연중에 뿜어져 나오는 자신감과 여유, 유머 감각이 그를 매력적으로 만들고 있었다.

이전의 김태웅이라면 상상조차 할 수 없는 변화였다.

"태웅 씨! 진영 씨! 뭐 해요? 촬영 시작인데."

"네, 지금 갈게요!"

다행히 스태프가 부르는 바람에 태웅은 뻘쭘한 순간을 벗어날 수 있었다.

*　　　　　*　　　　　*

10회의 하이라이트인 그랜드마스터 셰프 8강전.

수많은 취재진이 몰려들어 카메라 셔터를 눌러대고, 관중들의 함성이 경기장을 가득 메운다.

긴장된 표정의 주인공 한해와 산전수전 다 겪은 듯한 풍운아 쌍두룡의 요리 대결.

각자의 조리대에서 현란한 칼질과 프라이팬 돌리기 같은 퍼포먼스를 펼치는 두 사람.

대결은 점점 무르익어 가고, 두 요리사의 얼굴에는 땀방울

이 가득하다.

제한 시간 마감을 알리는 벨 소리와 함께 두 사람은 멋지게 플레이팅한 메뉴를 심사 위원들에게 선보인다.

'자식, 제법 하네.'

강창구의 촬영을 지켜보며 태웅은 은근히 감탄했다.

고든 램지식 지옥 훈련을 펼친 덕에 강창구의 칼질과 조리 퍼포먼스 실력은 크게 향상되었다.

싸가지가 없긴 해도 기본적으로 뭐든 습득이 빨라서 가르치는 맛도 있었다.

심사 위원 오소영이 한해의 요리를 맛보고 눈을 빛내며 황홀한 표정을 짓는다.

그녀가 도톰한 입술을 혀로 훑으며 한해에게 유혹하는 듯한 표정을 짓자, 이를 보는 여주인공 방현아의 표정이 어두워진다.

방현아 역을 맡은 나진영 역시 첫 회보다 일취월장한 연기력을 보여주고 있었다.

아까는 무척 긴장한 듯 보였는데 막상 카메라 앞에 서니 태연하게 몰입해 연기할 줄 안다.

'이 드라마, 잘되는 이유가 있었구나. 그러고 보면 한국인들도 연기를 참 잘한단 말이야.'

한국 영화가 세계에서도 제법 통하는 데는 여러 가지 이유가 있었다.

강렬한 감정선이 드러나는 부분에서의 연출과 연기는 세계에 내놓아도 꿀리지 않았다.

그 또한 전생에서 '올드 보이'나 '악마를 보았다' 같은 한국 영화를 인상 깊게 본 적이 있다.

가끔 보면 조연은 물론이고 단역들까지도 놀랄 만한 연기를 펼칠 때가 종종 있었다.

척박한 환경이지만 예술적 감수성을 타고난 재능인의 나라였다.

'단역이라… 그러고 보니 그 양반, 요즘 왜 안 보이지?'

태웅은 문득 늘 촬영장에서 자신에게 말을 걸던 중년 사내 오한수를 떠올렸다. 요즘 그를 촬영장에서 본 지가 오래된 것 같았다.

궁금증이 인 그는 옆에 서 있는 FD에게 지나가듯 물었다.

"누구요?"

"오한수 씨요. 여기 출연하는 분이신데 요즘 안 보이네요."

"글쎄… 그런 이름은 없는데? 오한수?"

"뭐라고요?"

FD는 한참을 생각하다가 다시 고개를 저으며 말했다.

"그런 사람은 없는데요. 누구 말하는 거예요?"

"그럴 리가… 여기 출연하시는 분인데. 키 작고 뚱뚱하고 머리 벗겨진 중년……."

그의 외모를 설명하던 태웅은 순간 경악에 사로잡혔다.

지금까지 외운 대본과 촬영분에서 그의 모습은 어디에도 없었다.

'그러고 보니… 그 인간, 대체 무슨 역을 맡은 거지?'

*　　　　*　　　　*

한두 번의 NG가 있었지만 촬영은 예상보다 훨씬 수월하게 진행되었다.

태웅의 특별과외(를 빙자한 기합) 때문인지 한결 요리하는 연기가 자연스러워진 강창구는 아이돌 생활로 단련된 퍼포먼스를 유감없이 발휘했다.

그 결과 올림픽 체조 경기장에서의 신은 나무랄 데 없이 완벽한 그림을 만들었다.

아직 추가 촬영이 남아 있었지만, 가장 하이라이트 신이 마무리되었기에 스태프들은 한숨 돌렸다.

"강창구 연기가 저렇게 늘었나?"

"그러게요. 요즘 덜 싸가지 없이 구는 걸 보니 정신을 차렸나 봐요."

촬영장의 배우들이 쑥덕거렸다.

그들에게 있어 강창구의 이미지는 심하게 싸가지 없는 아이돌 나부랭이 그 이상도 이하도 아니었다.

하지만 최근 강지나가 매니저를 자처하며 촬영장에서 그의 언행을 단속하고 있어서인지 예전처럼 불편한 정도는 아니었다.

"창구 오빠! 여기 좀 봐요!"

"꺄악! 너무 멋있어요!"

촬영장 소식을 듣고 찾아온 강창구의 팬들이 안전 요원의 제지를 받으며 멀리서 까마귀 같은 비명을 질러댔다.

강창구는 아이돌다운 싱그러운 미소를 지으며 팬들에게 손을 흔들어 답례했다.

'자식, 누가 아이돌 아니랄까 봐 팬 관리는 제법 할 줄 아네.'

지나는 그에게 탄산수와 물수건을 건네주며 빙긋 웃었다.

"잘했어, 역시 태웅 씨에게 배운 효과가 있네. 앞으로도 계속 연기 지도 해달라고 할까 봐."

"에이, 씨……."

강창구의 얼굴이 순식간에 굳었다.

태웅은 자신의 스파르타식 수업의 효과가 드러나자 묘한 기분이 들었다.

사실 이렇게 잘되라고 한 건 아닌데…….

하지만 약간의 씁쓸함은 이내 다른 의문에 묻혔다.

"피디님."

"오, 태웅 씨, 왜?"

이제는 태웅을 보면 환한 미소부터 짓는 김광록 피디였다.

"혹시 오한수라는 사람… 아시나요?"

"오한수? 그게 누구지?"

생김새를 설명하자 피디는 고개를 갸웃했다.

"글쎄… 우리 출연자 중에 그런 사람이 있었나? 유 작가?"

"없어요. 제가 단역까지 하나하나 다 봤는걸요."

다른 드라마 작가와는 달리 현장에 밥 먹듯 나와서 돌아가는 상황을 보는 걸 좋아하는 그녀도 본 적이 없다고 한다.

"혹시 무슨 배역인지는 모르고?"

"…네."

그러고 보니 정말로 그에게 관심이 없어서 무슨 역할인지 물어보지도 않았다.

"간혹 그런 사람이 있지. 드라마랑 아무 관계도 없는데 그냥 단역이나 스태프인 척하고 현장 나와서 어슬렁거리는 사람. 원래 다 잡아내서 쫓아내긴 하는데 사람이 많아지고 하면 정신이 없어서 잘 모르기도 해."

"현장 관리 좀 잘하셔야겠어요. 그런 사람 가운데 파파라치나 스토커라도 섞여 있으면 어떻게 해요?"

"어이쿠, 이거 또 유 작가한테 혼나게 생겼네. 허허허허허."

두 사람의 대화를 들으며 태웅은 허탈한 한숨을 내쉬었다.

'그래, 그 인간이랑 대단한 사이도 아닌데 신경 끄자.'

하지만 생각할수록 이상했다.

처음 현장에서 자신에게 말을 건 것도, 이런저런 힌트를 준 것도 단순히 업계와 아무 상관 없는 일반인이라고 하기엔 묘한 구석이 있었다.

왜 하필이면 별 볼 일 없는 신인 배우에 불과한 그에게만 접근했을까?

그 이전에 그를 본 사람이 없다는 것도 이상했다.

'젠장. 혹시 촬영장에만 나타난다는 귀신 같은 건 아니겠지? 나한테 그런 능력까진 없는데.'

"아참, 태웅 씨, 오늘도 잘 부탁해. 진영 씨랑 그 미묘한 느낌을 잘 살려줘야 나중에 멜로드라마 배역도 들어오고 그런다고."

피디의 말에 그는 오한수에 대한 생각은 일단 접어두기로 했다.

"걱정 마세요. 다 준비돼 있습니다."

"역시 태웅 씨는 항상 자신감이 넘쳐서 좋아. 하하하하!"

그는 오늘 나진영과 찍게 될 두 개의 신에 대해 떠올렸다.

S# 69~70 요약

주인공 한해가 요리 평론가 오소영과 식사를 하는 것을 본 여주 방현아.

한해와 한바탕 말다툼을 하게 되고, 혼자 술에 취해 길바닥에 널브러진다.

쓰러진 그녀를 보고 깜짝 놀라 자신의 자취방으로 데려오는 황갈.

다음 날 아침, 숙취로 고생하는 그녀의 속을 달래기 위해 해장국을 끓인다.

"신 70에서 PPL 들어가니까 그 부분도 신경 써서 해주고. 알았지?"

여기서 바로 문제의 PPL이 들어가게 된다.

사실 지나치게 노골적이다 보니 조롱을 당하지 않을까 걱정될 정도였다.

*   *   *

신 69의 촬영을 앞두고 나진영과 마주 선 태웅은 그녀가 자신에게 자꾸만 눈빛을 보내는 것을 느꼈지만 애써 무시했다.

'애가 힘들게 살았나 보다. 그러니 저렇게 정을 갈구하지.'

"태웅 씨, 나 연기 지도 좀 해주면 안 돼요?"

가까이 다가온 그녀가 작은 목소리로 그를 올려다보며 말했다.

"연기 지도요?"

"네. 태웅 씨 연기 잘하잖아요."

"저 신인 배운데요? 원래 스턴트맨 했는데……."

"경력이 뭐가 중요해요, 재능이 중요하지? 난 이번이 처음 아닌데 태웅 씨보다 연기 훨씬 못한다고요."

그녀가 자신 없는 표정을 지었다.

하지만 태웅이 보기에 그녀의 연기는 준수한 편이었다.

무엇보다 자연스럽고 배역과 잘 어울리게 할 줄 알았다.

"스스로를 과소평가하는 것 같은데, 본인이 생각하는 것보다 훨씬 잘하는 거 알아요?"

그의 말에 그녀가 순간 멍한 표정을 지었다.

"정말요?"

"연기가 어색하거나 작위적인 느낌이 전혀 없어요. 마치 진짜 그 사람처럼 연기한다고나 할까? 선이 굵은 연기도 좋지만 그건 진영 씨에게 안 어울리니까 지금처럼 해봐요. 그것도 재능이니까."

"…나 한 번도 칭찬받은 적 없는데. 고마워요."

그녀의 얼굴이 홍조를 띠었다.

사실 신인 배우에게 이런 말을 듣는다면 황당할 법도 하다.

하지만 그가 연기에 대한 지적이나 조언을 하는 게 조금도 어색하게 느껴지지 않았다.

이제 첫 드라마를 하는 조연 배우에 불과함에도 그에게서는 대배우와 같은 아우라가 은은하게 뿜어져 나오고 있었다.

'정말 신기한 사람이야.'

여고생들에게 담배 피우는 걸 들킬 뻔한 걸 구해줬을 때도 그에게는 왠지 평범한 사람 같지 않은 화려함과 여유가 있었다.

그 빠른 손놀림과 단호한 태도, 그리고 어디서 배웠는지 술술 나오는 법률 지식까지……

그녀 역시 햇병아리 배우 처지이다 보니 남자에 관심을 가질 때는 아니건만, 자꾸만 그에게 호기심이 쏠리는 것은 어쩔 수 없었다.

*　　　　*　　　　*

"촬영 들어갑니다. 레디, 액션!"

혼자 포장마차에서 소주를 들이부은 방현아가 밤거리를 휘청거리며 걷는 장면.

태웅의 칭찬에 힘입어서인지 나진영은 무척 자연스럽게 연기하고 있었다.

여배우라면 조금 부끄러워할 수 있는 술 취한 연기조차 제대로 망가져 가며 소화해 냈다.

머리를 풀어헤치고 눈이 풀린 채 입가에 침을 질질 흘리는 모습까지 리얼하기 그지없었다.

철퍼덕!

바닥에 널브러진 그녀를 본 사람들이 수군대며 지나가지만 아무도 도움을 주려고 하지 않고…….

간간이 남자들이 음흉한 눈빛으로 훑어보기도 한다.

그때 일을 마치고 자취방으로 향하던 황갈이 그 모습을 보고 황급히 달려간다.

"야, 방현아! 괜찮아? 정신 차려!"

아무리 흔들어도 반응이 없는 그녀를 애틋하게 바라보는 황갈.

그녀를 둘러업고 다리를 후들거리며 멀리 떨어진 자취방까지 걸어간다.

축 처진 그녀가 무거운지 이마에 실핏줄이 돋아나고 오만상을 쓴다.

이전의 코믹한 이미지와는 달리 진지하기 그지없는 모습이다.

"오케이! 바로 다음 컷으로 갑시다!"

피디는 몹시 만족한 듯 단 한 번의 NG 없이 바로 오케이 사인을 냈다.

"저 무섭지 않았어요?"

나진영이 쑥스러운 듯 태웅에게 물었다.

"무거웠어요. 진영 씨가 이렇게 진중한 사람인 줄 몰랐네. 하하하!"

"치, 누구나 팔다리에 힘 다 빼고 늘어지면 무거워요. 그것도 다 연기력의 일부라고요."

어느새 꽤나 친근해진 두 사람은 서로 웃으며 농담까지 나눴다.

'보면 볼수록 물건이야.'

촬영을 마친 강창구를 대기실에 쉬게 한 후 촬영장으로 나온 강지나는 태웅의 연기를 지켜보며 은근히 감탄을 금치 못했다.

어떻게 보면 흔한 연기일 수도 있지만, 아니다.

힘겨워하는 표정에 여주인공에 대한 미묘한 쓸쓸함과 애정이 잘 스며들어 있다.

그리고 애초에 두 남녀의 미묘한 러브 라인은 계획되어 있지 않았다.

그럼에도 불구하고 태웅은 잘하고 있었다.

갑자기 수정된 대본에 따라 미묘한 감정을 연기에 집어넣는 것은 쉬운 일이 아님에도.

그래서 언제부터인지 그녀는 제자리에 서서 태웅의 연기를 홀린 듯 지켜보고 있는 자신을 느꼈다.

다음은 신 70, 자취방 신이다.

희미하게 동이 터오고 햇살이 자취방 창문으로 들어와 잠든 방현아의 얼굴을 비춘다.

황갈은 출근하기 전 그녀에게 해장국을 먹고 잘 쉬라는 메시지를 남긴다.

'이런 장면에서 꼭 PPL을 넣어야 하는 거야?'

태웅은 속으로 툴툴거렸다.

애틋한 장면에서 갑자기 뜬금없는 협찬 광고를 넣으면 감정선이 무너지지 않는가?

하지만 협찬은 소중한 법이니 성실하게 해주는 것도 배우의 몫이다.

"가만있자, 재료를 냉장고에서 미리 안 꺼내놔서 너무 딱딱하네. 방법이 없을까?"

그는 문제의 그 상품 장미칼을 꺼내 들곤 천하제일의 명검을 바라보듯 진지한 눈으로 훑었다.

"이럴 땐 역시 장미칼이지!"

카메라가 몇 초 동안 장미칼을 클로즈업해서 잡는다.

다시 카메라가 멀어지고, 장미칼을 검도의 고수처럼 휘두르며 딱딱하게 언 해장국 재료들을 써는 황갈의 모습이 보인다.

딱딱한 무와 양파, 파, 양배추, 황태, 감자 따위가 마치 두부처럼 토막 나며 흩날린다.

재료들을 냄비에 집어넣는 장면이 장미칼의 아름다운 회전과 함께 슬로모션으로 펼쳐진다.

마침내 완성된 황태 해장국과 장미칼을 번갈아 보고 흡족한 미소를 짓는 황갈.

"역시는 역시군."

그리고 멀리 세워져 있는 일체형 도마에 달린 칼집에 장미칼을 휙 던진다.

절묘한 묘기처럼 칼은 정확하게 칼집 구멍에 수직으로 떨어지며 쏙 들어간다.

순간 촬영장에 정적이 흘렀다.

"컷! 아주 좋았어! 정말 예술이야, 예술!"

피디가 벌떡 일어나 흥분하며 손뼉까지 쳤다.

촬영을 지켜보던 배우들과 스태프들까지 따라 박수를 치기 시작했다.

찬탄을 받는 태웅의 입가로 천천히 미소가 피어올랐다.

당연한 반응이다.

마지막에 칼을 던져서 칼집에 넣는 묘기는 바로 그의 즉흥 연기였으니까.

그가 기억하기로 이 정도 임팩트 있는 PPL은 어느 드라마에서 슬픔에 빠진 주인공이 외발 전동 휠을 타며 울부짖는 장면 외엔 없었다.

'어째 주방용품 CF 좀 들어오겠는걸.'

『배우, 미친 흡입력』 2권에 계속…

초대형 24시 만화방

신간 100%, 샤워실, 흡연실, 수면실(침대석), 커플석, 세탁기 완비

■ 광명 광명사거리역점 ■

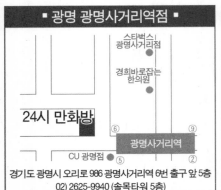

경기도 광명시 오리로 986 광명사거리역 6번 출구 앞 5층
02) 2625-9940 (솔목타워 5층)

■ 강북 노원역점 ■

서울 노원구 상계동 340-6 노원역 1번 출구 앞 3층
02) 951-8324 (화용빌딩 3층)

■ 일산 정발산역점 ■

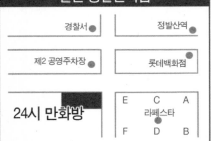

라페스타 E동 건너편 먹자골목 내 객잔건물 5층
031) 914-1957

■ 일산 화정역점 ■

경기도 고양시 덕양구 화정동 984번지 서일빌딩 7층
031) 979-4874 (서일사우나 건물 7층)

■ 부천 역곡역점 ■

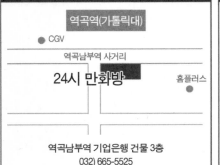

역곡남부역 기업은행 건물 3층
032) 665-5525

■ 부평역점 ■

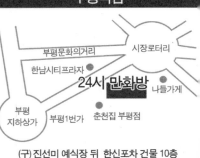

(구) 진선미 예식장 뒤 한신포차 건물 10층
032) 522-2871

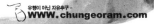

이경영 판타지 장편소설

FANTASY FRONTIER SPIRIT

그라니트

용들의 땅

GRANITE

사고로 위장된 사건에 의해 동료를 모두 잃고 서로를 만나게 된 '치프'와 '데스디아'.
사건의 이면에 상식을 벗어난 음모가 있음을 알게 된 둘은
동료들의 죽음을 가슴에 새긴 채 각자의 고향으로 돌아간다.
2년 후, 뜻하지 않게 다시 만난 두 사람은 동료들의 복수를 위해
개척용역회사 '그라니트 용역'을 설립해 다시금 그 땅을 찾게 되는데……

용들이 지배하는 땅 그라니트!
그곳에서 펼쳐지는 고대로부터 이어지는 운명적 만남,
깊어지는 오해, 그리고 채워지는 상처.

『가즈 나이트』시리즈 이경영 작가의 미래형 판타지 신작!

Book Publishing CHUNGEORAM

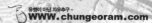

유행이 아닌 자유추구 -
WWW.chungeoram.com

아우스

마도 시대의 시작

FUSION FANTASTIC STORY

강준현 장편소설

여덟 번의 죽음을 겪었고, 아홉 번의 삶을 살았다.
그리고 열 번째,
난 노예 소년 아우스로 환생했다.

푸줏간집 아들, 고아, 불량배, 서커스단원, 남작의 시동 등…
아홉 번의 삶을 산 나는 참으로 운이 없었다.

나는 더 이상 과거의 내가 아니다!
내가 꿈꾸던 새로운 삶을 살 것이다!

Book Publishing CHUNGEORAM

유행이 아닌 자유추구 -
WWW.chungeoram.com

신가 新무협 판타지 소설

FANTASTIC ORIENTAL HEROES

弘源 홍원

원치 않은 의뢰에 대한 거부권,
죽어 마땅한 자에 대한 의뢰만 취급하겠다는 신념.
은살림(隱殺林) 제일 살수, 살수명 죽림(竹林).
마지막 의뢰를 수행하던 중, 괴이한 꿈을 꾼다.

"마지막 의뢰에 이 무슨 재수 없는 꿈인가."

그리고 꿈은, 그의 삶을 송두리째 뒤바꾼다.
하나의 갈림길, 또 다른 선택.
그 선택이 낳는 무수한 갈림길…….

살수 죽림(竹林)이 아닌,
사람 장홍원의 몽환적인 여행이 시작된다!